中公文庫

新装版

# 強運な女になる

林 真 理 子

中央公論新社

強運な女になる　目次

ひと目惚れされる女になる……9



エイジレスな女になる……79

心の贅沢を味わう女になる……177

## 買物の極意を知る女になる……245

# 強運な女になる

# ひと目惚れされる女になる

# 運気は貯金できるものである

強運な女と呼ばれる私であるが、不運な時だってもちろんある。現在においてもだ。不運の時、私はすごく落ち込む。もう死んでしまいたいと思うことだってある。そんな時、私はどうするか。美味しいものをいっぱい食べるとか、パーっと金を使うという人もいるであろう。が、それはやめたほうがよい。美味しいものはいっときの快楽。私のようにすぐ太る体質の者は、後に体重計に乗って気絶しそうになる。もう立ち上がれないぐらいに落ち込む。お金を使うのも考えものだ。私は自他共に認めるすんごい浪費家であるが、お買い物や旅行に贅沢するのは、やっぱり心が浮き浮きしている時である。「これからビンボーになったらどうしよう。カード破産したらどうしよう」。落ち込んでいる時は、買い物も楽しくない。

そこで私は何をするか。占いに行く。占いこそは心のエステ、心の媚薬、エクスタシーである。あなたは不運な人です、なんていう占い師はまずいないであろう。

あなたはとてもツイている、が、バイオリズムが悪い。今年の夏頃から、運気は盛り返してきますよ。と言われると、心がパーっと晴れてくるではないか。そうなのだ、人間、不運で落ちてくばっかりのはずはない。今が一番悪い時なのだと思えると、あーら不思議、そのうちに本当にいいことが起こってくる。

そして信頼できる占い師のほかに、うんと元気がよくてポジティブ思考の女友だちを用意しておくことも大切だ。心が湿った電話をしても、「何いってんのよぉ」と叱り飛ばしてくれるような友だち。ただし、いつもグチってるような女に、この手の女友だちはいない。運気は貯金できるのである。だから運のいい時に、明るく力強い人間関係を結ぶ。運の悪い時は、それを使ってなぐさめてもらう。この賢さこそ、平均して運のいい人生を送るコツです。

# 男は運からつかわされたもの

私はどうやら強運の女と、世間から思われているらしい。

昨日、仕事仲間四人で飛行機に乗った。なんとかフェスティバルとかで皆スピードクジを渡されたのであるが、私だけが一等大当たり。〝マリンジャンボ・オルゴール〟を射止めたのである。

「やっぱり林さんって、運が強いですよねぇ」

「ふつうの人と違うって感じ。昔からクジなんか強かったでしょう」

そう言われてみると、確かにそういうところがあるかもしれぬ。うんと子供の頃、町内の福引きで銀色の玉を出したことがある。昔懐かしいガラガラとまわすやつだ。

「大当たりーっ、特賞が出ました」

と大騒ぎされ、七夕のような福笹と一緒にしばらく町内を練り歩いた記憶がある。

懸賞類もよく当たり、大学一年生の時には作文コンクールに入賞してパリ旅行に連れて行ってもらった。

よく運がいい、悪いなどというのは努力次第、本人の気持ちで運というものは決まる、という人がいる。つまり運というものを非常にメンタルな、錯覚に近いものにとらえている考え方だ。が、私は運というのはもっと大きなもの、超常的なものだと思っている。

一つの例を挙げると、数年前直木賞の発表を待っていたときのことだ。事務所にマスコミの人達が大挙して押しかけたので、それを逃れて、近くの雀荘へいった。するとでる手、でる手がすべて役満クラスのすごい上がりとなっていくのである。それまで十年ぐらい麻雀をしていて、一度もできなかったような見事な上がり方が、五回続けて起こったのだ。これには本人が恐ろしくなってきた。

今私に何か目に見えない力が宿っているのをはっきりと感じた。それが運である。果たしてそのノミネートで私は直木賞をいただいたのであるが、当日の夜のことを編集者たちも覚えていて怖かったという。

そう、人間の知恵ではどうすることもできぬほど不思議なもの、それが運だ。しかし人間の知恵でその運をコントロールしたり、引き寄せることはできる。なぜなら、運という超常現象は強い人間に宿りやすい。明るく前向きの人といった方がいいかもしれぬ。そして運によってその人はますます明るく強くなるという相乗効果が生じるのである。

その反対にいったんつまずくと運というのははがれやすくなる。かなり気まぐれな物体なのだ。私がそうであった。花の女子大生から一変して長く暗い就職浪人生活、そしてアルバイト人生へと私は突入する。この時、町内福引きから私にとりついた運は、すっかりこちらを見限ってどこかへ去っていってしまったのだ。超ビンボー、男の人にはもてない、どんどんデブになる、アルバイト先に嫌な女がいる、と全くついていない日々であった。運と私とは完全に別離していたのである。

しかし〝運〟の長所は、男の人と同じで、去っていってもその記憶を残していってくれるということであろう。当時私は自分に言い聞かせた。

「昔あれだけ運のいい人間といわれた私が、こんな惨めな目に遭うはずはない。今が間違っている」

この強気さが気に入ってくれたのであろう。運は徐々にこちらに顔をむけてくれた。運というのはまず、〝人の出会い〟という形をもってこちらに訪れてくれることが多い。

コピーライターという仕事を教えてくれたアパートの女の子、そして恋人となる男……。

運台頭期に男の影響は大きい。

「君は才能のある女だよ。僕は君のためなら何でもしてあげる」

このときこちらを褒めて、力づけてくれる男というのは、運という偉大なものからのお使いである。

世の中がだれ一人として認めてくれなくても、こちらを賛えてくれる人間が一人出現する。それからすべては始まるのである。

## まず金運、そして男運

　現代において、金運と男運とは双子のようにしっかりと手を取り合っている。そんなことはない、金を持った女に男は近づかないなどというのは昔の話である。金をつかむということは、特別の才能があり、エネルギーがあるということだ。こういう女が魅力的でないはずはないではないか。

　ちょっと前だったら、私の友人たち、スチュワーデス・編集者・公認会計士といったキャリアを積んだ女たちは、何とはなしに敬遠される傾向があった。しかし、今どきそんなみみっちいことを言う男など誰もいないであろう。軟弱になったと批判されることの多い最近の男の子たちであるが、ひとつだけいいところは、男の沽券などとくだらないことを言わないことであろう。稼ぎのいい女房のことは自慢するし、共に人生をエンジョイしようとする。だからこそ女は頑張ってますます金運を高めなくてはならない。

私は断言してもいいのであるが、今の世の中、女だからこそ、お金を持っているべきである。何も有名人や芸能人になれと言っているわけではない。ああいう大金をつかむのは、それこそ何十万人に一人という確率である。ここで私が言う金運とは、自分の好きな職業につき、それが高収入をもたらしてくれるかどうかということである。この金運だったら努力しさえすれば手に入れることは可能であろう。お金を手にすると本当にいいことが起こる。お洋服もそれなりに買えるから、どんどんおしゃれになって綺麗になる。さらにエステに通う余裕もあったらお肌はピカピカだ。それに何より高収入を得る場所に来るということは、当然のことながら男のランクが上がるということを意味する。そりゃそうだ。ビンボーったらしい生活をしていたら、まわりにいるのもビンボーったらしい男ばっかり。そういうのとつきあっていたら、ヘンな垢がついてくる。そこへいくと金運がついてきた女は、上質の男といっぱい知り合いになれる。一流企業に就職した女が、絶対に男のレベルを落とさないというのと同じことだ。そういう場所の一員になるということは、目が肥えるということでもあり、プライドを持つということでもある。プライドの高い女にしかいい男は寄ってこない。これは世の中の原理というものだ。

しかし〝横入り〟しようとする女たちは、いつの時代も何人かいるものである。

自分で金を稼ぐよりも、稼ぎのいい男をつかまえた方がずっとラクチンで手っとり早いと考える女たちだ。しかしこれには、美貌と女の魅力という二大要素が必要で、しかもかなり賢く使わなくてはならない。合コンにこまめに顔を出しさえすれば、金持ちのいい男をつかまえられるのではないかと考えるのは、あまりにも安易な発想であろう。それに他人の運をかすめ取ろうとするセコい女というのは、金運を持っている女たちが持つ明るさというのが何もない。

これまた断言していいのであるが、運の強い人というのは非常に明るい。いや明るいから運が寄ってくるのかもしれないが、こういう女には金運と男運とがちゃんとやってくる。が、ここで男運というのもきっちり定義づけなくてはならないであろう。男運というのは、国際的レーサーや横綱と結婚することではない。タナボタ式に大金持ちを手に入れるということとも違う。お金なんかなくても愛さえあれば——というレベルもみじめったらしい。女友だちが結婚の知らせと男のプロフィールを聞いた時に、「まあいいわね。うまくやったわね」とちょっと口惜しがるレベルの男だ。

ほどよくエリートで、ほどよく高収入、ほどよくハンサムで、もちろんこの三つがすべて揃ってなくても十分魅力的なことが条件である。何よりも自分と人生観が合い、とにかく一緒にいて楽しい。こういう男と稼ぎを合わせて、かなりの年収をつくり出す。そして共にリッチで行動的な人生をおくる。これこそ現代における理想的な金運・男運ではなかろうか。羨ましがることはない。何度でも言うように、これは努力さえすれば手に入るところにある運なのだから。

# 〝バーゲンの男〟にさよなら

その男が「運命の男」となるためには、二つの要素が必要である。まずひとつは、見ためが好みの男であること。そのふたつめは、その後の展開が非常にうまくいくということである。この二つがうまくからみ合うことによって、物語が生じ、そこから「運命の男」というヒーローが完成していくのである。が、たいていの場合、ものごとはそううまくいかない。たとえ自分好みのルックスの男が出現したとしても、その男が自分のことを好きになってくれるとは限らないし、たまたま恋仲となった男が、自分の理想どおりの容姿をしているわけではない。

しかし、今さら言うまでもないが、女というのは欲張りなものである。ひと目会ったとたん、心臓をかたかたと鳴らされるような男と恋におち、そのまま熱愛という方向に持っていきたいと切望しているわけだ。私のまわりにいる女の子たちの恋愛パターンを見ていると、〈何人か言い寄ってきた男たちの中から選ぶ↓つき合ううちにそれなりに情が移ってくる〉というパターンが多いようだ。そのくせ、「どっかにステキな人、いないでしょうか。ハヤシさん、紹介してくれませんか」などということをしょっちゅう言っているのである。

私はこれを「恋のバーゲン現象」と呼んでいる。バーゲンの時の服選びは、妥協の産物といっていい。奇妙な高揚状態の中、色がイマイチだけど、ま、いいかァ。昨年の流行だけど、ま、いいかァ。スカート丈がイマイチだけど、ま、いいかァ。だって、五〇パーセントオフだもの、だって、私だったらうまく着こなしちゃうもん、という思いが、その服をレジに運ばせてしまうはずだ。この五〇パーセントオフを、「私のことをすごく愛してくれるし」、うまく着こなしてみせるを、「時間がたてば、きっとうまくいく恋人になれるし」という言葉に言い替えればよくわかるだろう。つまり、ある種の自信と、希望的観測とが、バーゲンの服を選ばせるわけであるが、そういうものに本当に満足したことがあなたにあるだろうか。もちろん前から狙っていたものが、値下げ商品になるという幸福もたまにはあるが、それでも「バーゲン品だった」という意識はずっとついてまわり、その一着をどこかないがしろに扱ってしまうはずだ。そしてバーゲンで買った服は、常に「満足七分め状態」のまま、人にまとわりつく。

やはり女の子がいちばん大切にする服は、ウインドウでひと目惚れして買った服だ。女の子だったら誰でも感じる「私のために存在しているんだ」という、運命的な出逢い。お洋服で出来ることが、どうして恋人で出来ないんだろうか。どうしていつもバーゲン品の男で満足してしまうんだろうか。ウインドウの前を通り「この男は私の男だ」と思う気持ちを大切にしてほしい。女が二十年近く生きていれば、しっかりした美意識や好みが生まれているはずだ。好きな髪のかたち、背の高さ、喋り方、笑い方というものがある。それを貫いてみる。そういう男と愛し愛されることの幸せを想像してみる。とにかくその男に執着し、その男を手に入れるために努力してみることだ。万が一、うまくいかなくても、その記憶と、ほろ苦い思いだけで、彼はあなたの「運命の男」になるに違いない。

## 「モテ癖」のつくり方

世の中には、男にはモテないが、女にはモテるという女がいる。そしてもちろん男にモテるという女がいる。このふたつの相互関係を研究していくと、面白いことがわかる。

①キレイで可愛くて男にモテる女

というのは女にもモテる。よほど当人の性格が悪くない限り、好感を持って迎えられるはずだ。なぜなら女は美貌ということに対し、案外素直に納得するものである。

②キレイで可愛いが男にはモテない女

というのは同性の中ではかなりもてはやされる。

「あんなに美人なのに、ちっとも気取っていない」

「ぼーっとしていてすごくいいコ」

と評価は上々なのであるが、女がこうした女を尊敬しているかというと、実はそうでもない。

「あれだけのものがありながら、うまく活用していない」

やっぱり頭がそんなによくないのかもしれぬとひとりにんまりし、そんな自己嫌悪からやっぱり彼女にやさしくしてしまう。
③キレイでも可愛くもなく男にモテない女
という女が、女はやっぱりいちばん好きだ。この種類の女は三の線にまわることが多く、その気の遣い方が同性に好かれる。コンパなどにも必ず誘われるタイプですね。
④キレイでも可愛くもないのに男にモテる女
この女は同性にとって永遠の敵である。女というのは納得出来ないことが大嫌いなので、こういう事態をまのあたりにすると、それこそ胸がむかむかしてくる。

その結果、

「カラダで男を誘惑している」

などという噂をたてていじめるのだ。

　さてこの四つの例のうち①と③の女はそれほど問題がない。自分たちの立場と役割分担がちゃんとわかっている女たちである。非常に困ることが多いのが、②と④の女であると私は断言してもよい。

　美人なのに男にモテない女の苦悩というのは、私には計り知れないものがあるらしく、よく『アンアン』の「身の上相談」などに、

「自分で言うのもナンですが、私は人から美人といわれスタイルもよいのに、なぜか男の人から声をかけられません」

という手紙が載る。このテの相談は『ノンノ』でも『キャンキャン』でも『ヴァンサンカン』でもよく見かけることがあるが、

「自分で言うのもナンですが」

「人から美人と言われます」

という前置きが必ずつくのがミソだ。つまり自分はそれなりに謙虚で客観性もある、つまり頭もいいのですよ、とアピールしているわけだ。が、この小賢しさが墓穴を掘っているんだなあと私はため息をつく。私ははっきりと言ってあげたい。こうした自己分析や理屈っぽさというのは、「モテる」という要素から一番ほど遠いものである。なぜなら「モテる」というぐらい動物的かつプリミティブなものはな

いからである。

モテる女はモテる、モテない女は何をやってもダメ。こう言ってしまうとミもフタもないが、それだからこそ④の女も悩んだりするわけである。男にモテれば、女に嫌われたっていいじゃないのというのは、モテない女のやっかみである。④タイプの女ほど、人懐っこくて同性の友情を欲しがるのだから。彼女たちというのは、中学生になるころから、急に女の子たちから嫌われ出したはずだ。美人とか可愛いとか、はっきりした理由があるならともかく、自分たちと同じレベル、あるいはそれ以下で常にちやほやされるのは許せないと女たちは潔癖な心に燃える。全くこんなことをされたら、自分たちの価値観が崩れてしまうではないか。

大学時代のクラスメイトのA子が、典型的な④タイプであった。瓦みたいなまっ四角の顔、ざらざらのさめ肌、横一文字の目という、どう見ても男になどモテる要素のない女の子であった。なんだかよくわからぬが、私になつくので、しょっちゅうアパートに遊びに行ってやった。すると私のためにいそいそと料理をつくってくれるのである。もしかするとレズかしらんと思ったほどであるが、私の上機嫌も夕飯まで。八時を過ぎた頃から、彼女の部屋の電話は、それこそ鳴りっぱなしになるのだ。

切るとリーン、また切るとリーン、しかも相手は、私がひそかに憧れていたスキー部の三年生とか、ゴルフ部のキャプテン。みんな彼女に週末のデイトの誘いをかけてくるのだ。私は完全にほっとかれていたのだが、テレビの画面など目に入らぬ、驚きと口惜しさで、嚙んだ唇から血がにじんできそう。

当時から率直だった私は、電話を切り終わった彼女に尋ねたものだ。

「ねえ、みんな、あなたのどこがいいって言うの」

「うーん、よくわからない」

彼女は長い髪を揺すって首を横に振るのだが、おい、おい、そういうことはキレイな女がやるものだと、私はあらたな怒りがこみ上げてくる。

「みんな、私のことを面白くっていいって……」

帰り道私は口惜し涙にくれたものだ。面白いって言うんなら私のほうが百倍くらい面白いはずじゃないか……。あの女なら、まだ私のほうがマシじゃないだろうか……。あの女に電話が五本かかってくるんなら、私にだって一本くらい。そして私は②タイプの友人を突然思い出した。彼女は私よりももっとひどく、生まれてこのかた男の人から一本も電話がかかってきたことがないそうである。

　そして私は「モテる」ということの、大きな崇高な原理に気づいたのである。そう、

「モテるに法則なし」

　この大きな真理にいきついたのである。よく女性誌に書いてあるではないか、

「笑顔を忘れず」

「コンパの時など、皆の靴を揃えたり、氷を用意するあなたに男の人の目は注目します」

　あのね、モテるに人柄は関係ありません。だってそうでしょう、男の子たちが集まる席では、誰だっておしゃれしてニコニコしてるでしょ。アイロンをちゃんとかけたハンカチをとり出し、気配りということだって忘れないはずだ。それなのにやはり選ばれるコがちゃんと生じてくる。モテるということはマニュアルではなくて、人間心理のいちばん不思議なメカニズムなのである。

　それならば一生モテない女は、一生モテないのかと問われそうであるが、救いはある。「モテる」というこの不思議なメカニズムは、これまた不思議な現象を生み

出す。それは一人の女に、奇跡としか思えないような時期を与えてくれるのだ。

私もたった一回、半年ぐらいその時が訪れたことがあるぞ。こんなことが起こっていいのかと、思わず頬をつねりたくなるようなことが起こったのだ。知り合う男、知り合う男、片っ端から告白ということをしてくれるではないか。完璧な④タイプ状態となり、この時は女友だちからはっきりと憎まれた。しかも私の場合、この時期が訪れたのがあまりにも遅く三十代というのが悲しい。焦った私がいっきに結婚までつっ走ったとき、この夢のようなひとときは泡のように消えてしまいました。

が、もっと若く頭のいい女の子だったら、この時期をうまく味方につけ、ぐうんと伸びることも出来たはずである。「モテる」というのは癖になる。いっぺんでも慣れてしまうと、モテる女独特の傲慢さ、美しさ、においを身につけられるものだ。真性「モテる女」にはなれなくても、疑似となってその後の人生を変えていけたかもしれない。


そして私は最後に言いたいことがある。女が地位や名誉、お金を身につけ、その力でモテるようになっても、少しも悲観することはない。お金の力、と言うのはちょっとせつないからパスするとしても、ある社会で評価を得て、その磁力で男をひき寄せることは、許される大きな抜け道だ。私のまわりにはそのテの女がゴロゴロしているが、皆全く劣等感を持ったりなどしない。男の人は、自分がエリートだから、実力者だから女にモテるのではないかと決して悩んだりしない。エリートであること、力があることは男の体の一部として溶け込んでいる。女だって出来ないことはない。

**大人になってモテる強い女になる。そんな人生ってカッコいいではないか。**

## 恋という名のパック剤

女を長くやっていて、つくづくわかったことがある。それは「人は外見だ」ということだ。若い頃は「人は外見じゃない」などとむきになっていたが、全く無駄な時を過ごしたものである。あの時間に顔のマッサージや、脚痩せ体操でもやっておけばよかった。

しかしその後、少し大人になった私は、「男好きのする顔」とは何か、研究と調査を重ねることになる。まず肌がキレイであること、ちょっと受け口の唇、あまり大きくはなく濡れている目と、いろいろ思いついた。確かに「男好きのする顔」というのはあり、そういう女性は確かにモテる。しかし私がせっかく作り上げた定理に該当しない女性もいるから私は混乱してしまうのである。

よく占いの本を読むと、男運の悪い顔というのが出てくる。エラの張った頬骨の高い顔、細い目、薄い唇……。しかし最近こんな顔を見たことがありますか。少なくとも若い読者にはいないはずだ。もしどうしても見たかったら、テレビの「女ののど自慢」に出てくる五十過ぎのおばさんの中から探すしかない。

今のメイク上手な女の子だったら、細い目はオリエンタル風に仕上げて、いっぱしの美人になってしまうからだ。

本当に現代ほど、女の人相があてにならない時はないような気がする。それは多くの女の子たちが努力をしているからだ。

持って生まれた顔にため息をつきながらも決して否定はしない。時々は鏡の前でにっこり微笑みかけてやったりもする。うんと研究して眉を整え、ファンデーションも選び抜く。そしてリップラインも筆のテクニックで変えてしまう。

こういう女の子が、男の人にモテなかったり、不幸になったりするわけはない。たまたまタイミングが悪い時があっても、必ず恋人は出来るはずだ。一生懸命努力をしている女の子は、それだけで運がつかめるはずだというのが私の持論である。

そして一回でも恋をするとあきらかに女の顔というのは変わる。私のごく親しい女の子は、結婚前にまるっきり顔が変わってしまった。ひと間違いをして、最初は誰だかわからなかったぐらいである。目がキラキラと輝き始め、肌はしっとりとうるおってくるのだ。恋というのは、顔も人相も運をも大きく変えるチャンスである。

ちょうどパックのように、顔がいい筋肉の方向にひっ張られているのだから、これを利用しない手はない。よく恋が終わると顔が元に戻ってしまう人がいるが、この張力を何とか残しておきたいものだ。

そのためには別れた男を恨んだり、自分を責めたりはしない。自分を成長させてくれたものだったとポジティブな考え方をする。するとこの張力は、かなり長いこともつのである。

そしてこの張りを少しずつ蓄えていくことにより、いつでもうるおっている女になるのだ。私は本当に男運のいい女というのは、顔のパーツの美しさというよりも、そのパーツの動かし方によるものではないかと思うようになってきた。

ちょっとした目のしぐさ、男の人を見上げる時の睫毛の揺れ方、そして笑う時の唇の開け方、それは経験と学習しかない。さまざまな体験から何かを得る能力である。つまり運のいい女は頭がいいのである。

# ひと目惚れされる女になる

私の口からこういうことを言うのは、まことに申しわけなく、人々のひんしゅくを買うのはわかっているが、それでもあえて告げよう。

「夫は私に一目惚れしたのである！」

お見合いというにはあまりにもカジュアルな席。あれは四年前の正月、知り合いのおばさんの家の居間であった。あの時から彼は毎晩私にラブコール、週に一度は車で私のところに駆けつけたものだ。

「私のどこがそんなによかったワケ」

と尋ねたところ、新婚の頃はそれなりの甘い答えもささやいた夫であるが、最近は喧嘩の際にこんな憎たらしいことを言う。

「フン、オレなんかよ、ずっと良家の子女とばっか見合いしてきたからよオ、君みたいなガサツな女が珍しかっただけさ」

が、案外これは本音に近いのではないかと私は思っている。

この頃の女の子はみんなキレイ、みんな賢く、みんな如才なく適当に受け答えをする。おいしくて小綺麗なウエハースのパッケージみたいだ。中から出てくるウエハースも、さくさくと味気ない。こんな時に思いきり歯ごたえのある草加せんべいにあたったら、男の人はやはり強い印象を持ってしまうだろう。

もうじき結婚が決まっている男友だちに話を聞くと共通することがある。それは彼女の第一印象があまりよくなかったということである。

「生意気でどうしようもなくて、コンチクショウと思った」

他の女の子たちは可愛くて素直なのに、どうしてこの女だけ、こんな憎たらしいことを口にするのか、彼は気になって仕方ない。そしてそれがまた会いたいという感情に繋がっていくのだから人間は不思議なものだ。

いや、そんなことは少しも不思議ではない。

喉ごしのよいものは、その場では歓迎されても、すぐにつるっと呑み込まれ忘れられてしまう。その点、刺激を持つチョコレートドリンクやエスニックティーは、人々に興奮をもたらす。

生意気であるということは、現代において実に大切なスパイスなのである。魅力的と言われる女性たちは、だいたいにおいて異性からは「生意気」といわれる類の人間だ。しかし男たちは単にびくついたり揶揄しているばかりでない。パートナーに面白さや手ごたえを求める男性だったら、「生意気」をそれこそ歓迎する。

が、ここで注意しなくてはならないのは、生意気は単なる我儘ではないということだ。自信と若くてもはっきりと放つ個性があるからこそ、人は自分を主張する。そしてその人は他の人から際立った存在になってしまう。彼女たちは決してラクをして、この特権を手に入れたのではない。少女の頃から人と同じことをしない。たとえ変わり者といわれようとも、人に流されない。男に愛想笑いをしない。こういう意志の強さがひとつずつ積み重なって、初めて「生意気」という美質をつくりあげるのである。

この「生意気」は、やや成長すると「気が強い女」に発展することがあるが、これも決して悪いことではない。

私の友人に女性実業家がいる。彼女は社員の面接にいつも立ち会うのであるが、その時に必ずチェックする二点があるという。

「まず明るいこと、それから気が強いこと」

向上心があるからこそ気が強くなるというのは彼女の持論だが、私も賛成だ。

男の子の顔色をうかがうような人生をおくり、男好みのヘアやメイクを研究し、人と同じ遊び方をしてきた女は、どんなに見てくれがよくてもなにやらウエハースだ。ぴかりと光る存在にはなれない。強くなることの犠牲を払ってきた女性だけがオーラを持てる。実は孤独だからこそひとり光るのだ。

# 女のさようならは、命がけで言う

私の書いたものをすべて本気にする人は、ハヤシマリコというのは、しょっちゅう失恋ばかりしている女だと信じているらしい。

惚れっぽいのは認めるが、この私とてそうやたらと男にふられてばかりいるわけではないのだよ。男を泣かせたことも何回もある……と言いたいところであるが、やっぱりちょっと違うんだよなあ。ギリギリのところで、私はいつもあちらにワンポイント取られてしまうのである。これはもう、運命としか言いようがない。

恋の終わりの時というのは、誰にでもわかる。

「また電話するよ」と言ったきり、何日も音沙汰がなくなる。人の話をうわの空で聞くようになる。

「ゴールデン・ウイークの予定、早くたてましょうよ」

とこちらが言えば、まだ先のことはわからないと口をもごもごさせ、そして直前のキャンセル。およそ何が嫌だと言われても、男の電話を待ってやきもきするぐらい嫌なことはない。それもうまくいっている時は、電話を待つのも楽しいものだが、電話で男の心を占おうとする時、その前で待つのは本当につらい。

　当時はケイタイがまだなかったから、夜遊びも断って早く帰ってくる。ベッドに寝そべって、傍の電話を見つめる。次々と本をひろげるけれど、少しも頭に入ってこない。そんなことをしているうちに、夜の十二時を過ぎる。そろそろお風呂に入らなければならないのだが、その間に電話がかかってきたらどうしよう。

　仕方ないから電話のコードをひっぱってきて、バスルームの前に置く、そしてドアを少し開けておく。しかし、シャンプーをしていても気が気ではない。頭からお湯をかぶっている最中だと、電話の音は聞こえないのだ。

　やっと電話が鳴った。泡だらけのからだでとびつく。

「もし、もし、どうしてたのぉ」

　ところが電話の向こう側から聞こえてくるのは、のんびりした女友だちの声だ。

「ちょっと、ちょっと、おもしろい噂があるんだけど――」

　怒りは当然、女友だちの方に向けられてしまう。たいした用事でもないのに、こんな時に電話しないでと、ガチャンと受話器を置いた後、みじめさと哀しさで涙がこぼれそうになる。

そしてこの後、禁を犯して彼に電話してしまうんだよね。うちに居なかったならば、なんとか許せるものの、彼はちゃんと居る。そして、

「悪いけど、もうじきかかってくる電話が一本あるから」

なんて言うんだよね。ここで決心は固まる。もうこんな生活はイヤだ。いいかげん結着をつけようと心に誓う。

そこで女は、

「もう、さようならをしたい」

「私たち、もう会わない方がいいと思うの」

という、お決まりのセリフを口にするのだ。

ところが、不思議なことに、男はここで非常にあわてる。

「こちらの気持ちは、わかってくれてると思っていた」

「他に好きな男がいるならともかく、それ以外ならイヤだ」

などと言い出すから困ってしまう。ここで、

「だけどやっぱり」なんて言えるのは、よほど強い女であろう。たいていの女は、嬉しさのあまり目を伏せてしまう。幸福で胸がいっぱいになり、それ以上のことは

何も言えなくなってしまうのだ。

しかし、私もこのテで何度やられたことであろうか。こちらの方で別れ話を持ち出し、男に却下されると、すぐに退き下がる。あの時、強引にことを進めていれば、その男は私の歴史の中で「ふった男」として永遠に残るのだ。それなのに、一応こちらがおとなしくなりしばらくたった頃に、男は突然別れ話を口にする。そして勝手なことに、

「君が別れようって言った時に、そうかなあと思って考え始めた」

なんてひどいことを言う。そして私の立場はいつのまにか「ふられた女」ということになるではないか。全くこんなのありイ？　こんなの、許されること……。

私は最近になって、よおくわかったのであるが、男というのはつくづくプライドの高い生き物ですよ。女から別れ話を持ち出されることに耐えられない。もう愛情を失った相手だとしても、自分の掌から、ぽろっと落ちるのは嫌なのだ。この意地汚い未練を、愛だ、恋だと思ったら大間違いである。

しかし意地汚いといえば、こちらも相当に意地汚い。私の友人もたいていそうなのであるが、次の男が現れるまでは、今のを何とか確保しようとする。

「レストランを予約する時、最初イタリアンに電話したんだけど、チャイニーズの

方がいいなあって思う時があるじゃない。だけど、チャイニーズの予約とれてから、イタリアンをキャンセルするわよね。その反対の人はいないと思うわ。男だって同じよ」

またこんな言い方をする友人もいる。

「気に入らないコートだって、とりあえずひっかけてると寒さを防げるわ。何もなくて寒い思いをするよりいいじゃない」

実は私もこの考え方に賛成であった。今の世の中、ボーイフレンドがいなければ、何もできやしない。日曜日にブランチに連れていってもらったり、春の浜辺をドライブする楽しみ、パーティーにエスコートしてもらう便利さを捨てるのなんか嫌だと思う。

けれど、やってみてわかったのであるが、こういうコンビニエンスな男たちとさようならするのは、どうということもない。ひとりでうちで猫と遊んでいれば、あっという間に時間は過ぎてしまう。

苦しいのは、本当に心を決めかねて夜泣くのは、愛している男の人にどうやって別れを告げるかということだ。こちらは愛してる。けれど向こうの愛は冷めている。あるいは、最初から愛の分量が違う。〝好き〟のちょっと上ぐらいの愛情だったのを、こちらが長い間、都合よく解釈していた相手。

〝もしかしたら〟と何度つぶやいたことだろうか。

もしかしたら、本当に愛してもらえるかもしれない。

もしかしたら、プロポーズしてくれるかもしれない。

けれども、そんなことをつぶやくことが、空しくなる日がきっとくる。ちょっと頭のいい女の子だったら、相手の男の心の中なんかかなり読めるだろう。

愛してもくれない男に、時間と心を費やすと本当に悲しくなる。勇気を出して言ってみよう。

「もう、さようならにしたいの」

ここで注意したいのは、私がよくやる失敗、つまり、相手の気を最後までひこうとする意地汚さである。

「あなたが、もっと私のこと、好きだったらこんなことは言わないの」

「他の男の人がいてえ、その人が私とつき合いたいって言ってえー（もちろんウソ）」

こういうことは、相手の男に見抜かれる。女のさようならは、命がけで言う。後戻りできないくらい強くはっきりと言う。

それは新しい自分を発見するための意地である。そして後ろを見ずに席を立つ。電話にも絶対出ない。

これが出来る女だったら、もう心配ない。このあと男はいっぱい寄ってくる。それを信じてさようならを言う。

一応、あの男は、私が「ふった」ことになり、自信はついたのである。

# 結婚の理想と現実

　五年前、知り合ってから五か月というスピードで私は結婚した。コトがあまりにもトントン拍子に進み、

「なるほど、結婚というのはこんな風にしてコトが運ぶのかア」

と本人が感心しているうちに、挙式の日が来たというのが正直なところだ。この時点で、私は彼のことをそう把握していなかったといってもよい。恋人になった期間があまりにも短かったからである。が、私は年のコウというやつで、ちゃんと要所要所はチェックしていた。私は下品な男、ケチな男、やたら野心的な男というのが大嫌いであるが、彼は東京山の手生まれの、おっとりとした次男坊である。よって人の悪口は言わないし、噂話もしない。私は自分がこういう人間になれそうもないので、私を叱ってくれるこうした男と結婚しようと決めていたのである。お店の人にも高飛車に出ることは決してなく、自然体でいられる。ケチではないが、サラ

リーマンとしての分をわきまえている彼は、私にはとても好ましかった。そして何よりこれがいちばん大切なことであるが、彼は私のことをすごく愛してくれていたのである。結婚前、私はそれこそ宝物のように扱われたものだ。私は男の人にこんなに大切にしてもらったことがないので、結構ぐっときた。

が、同時に不安になった。一緒に暮らしてボロが出たらどうしようか。私は料理をつくるのは多分好きになるだろうが、掃除は駄目だと思う。ものを捨てるのが出来ないから、ものはたまる一方なのだ。部屋はいつもごちゃごちゃしている。

そんな部屋でずっと一人暮らしをしてきた。夏、外出から帰ってくると、私は玄関先でまずパンストを脱ぎ、歩きながら服を落としていったものだ。そして缶ビールと届けられた週刊誌を持ってソファに直行する。クーラーでがんがんに部屋を冷やし、ビールをぐいと飲みながら『女性自身』を読む楽しさ……。自堕落な快楽を味わう時、私は独身でもいいかナ、と思ったりする。いくら寛大な男でも、夫というものがいたらこんなことが許されることはないだろう。いちおうワンピースぐらいは着て、麦茶なんか出すんじゃないだろうか。不安は次第につのってくる。行儀の悪い格好を見られるのもまずいし、トイレなんかも困るなあ。私は同性の友人と旅行していても、便秘になってしまうぐらいなのだ。もし二人きりの時に、大きいのをしたくなったらどうしたらいいんだろうか。二日、三日のことなら我慢は出来るが、これがずうっととなったら、どういう風に誤魔化せばいいのだろうか……。が、こういう心配は全くの杞憂に終わった。一見うちの夫は神経質に見られるのだが、お風呂大嫌いという困った奴である。うちの中が散らかっているとむっとするらしいが、そのことを私に言い、

「じゃ、あなたも手伝ってよ」

と言われるのを恐れている。よって文句は言わない。二人で掃除するぐらいなら、二人ででれでれとテレビを見た方がよいという性格は、本当に私に合っている。おしゃれは大好きだが、だらしなくて洋服の管理が出来ないというところまで私にそっくりだ。

トイレの問題など、あっという間に解決した。気取っていたら夫婦なんかやっていられない。今では相手の行動をすばやく察し、

「ちょっと、その週刊誌持ってかないで。私、まだ読んでないんだから」

と先回りしてチェックする私である。お互いにボロは見られっぱなしであるが、それが決して嫌にならないのが夫婦の不思議さである。私が女友だちと長電話する

のを聞いて、夫はため息をつく。

「僕はさ、女きょうだいいないし、母親はあんな風だろ（注・すごく上品でキレイ）、君と結婚して、女がこんなに下品でえげつないって初めて知ったよ」

「下品で悪いかヨー、えっ、おっさんヨー」

私はわざとすごんでみせて、相手の首なんか締めてやる。すると夫はフッフッと苦笑するのだ。つまりどんな私を見せても、面白がり、いとおしいと思ってくれる。これが夫婦として暮らすことの醍醐味だ。

私も反対に、夫の頑固さ、ワガママさ、喧嘩早さが決して嫌ではない。うちの夫が、ものすごい負けず嫌いで、カッとなりやすいことを、結婚後初めて知った。それは私の友人や知り合いに向けられることがないので、ほとんどの人はうちの夫を、やさしく温厚だと思うようであるが、それは世を忍ぶ仮の姿。車に乗っている最中、夫は暴走族と何回やり合ったことであろう。

「てめえー、このヤロー、外に出ろ！」

そのたびに私はヒヤヒヤするのであるが、そういう男の子みたいなところが私は決して嫌ではないのだ。

私たちはしょっちゅう夫婦喧嘩をする。その喧嘩のすさまじさたるやすごいもので、離婚話が起こったことも一度や二度ではない。

そして中程度の喧嘩の後で、夫はよく自分の夢を口にする。

「今度は若くて可愛いのを見つけて結婚するからな」

「でもね」

私は言う。

「私ぐらい、あなたを愛して、あなたを理解してやれる女がいるはずないじゃないの」

「それもそうだな」

夫はここでおとなしくひき下がるのが常だ。

私にしてもそれは同じである。たぶん夫は、私のことを私の両親と同じくらいに愛してくれているにちがいない。そして私の両親以上に、私のことを理解しているはずだ。彼は本というものを読まない人間だから、私がどんな仕事をしているかほとんど知らない。だから業界のやり方など通用しないのだ。いつもまっとうなサラリーマンの目で見て、私を諭してくれる。叱ってくれる。

「二年持ちゃいいよ」

と多くの友人が言ったけれど、私は結婚する前の優しい夫よりも、今のワガママ夫の方がずっと好き。そして結婚一年めの彼よりも、今の彼の方がずっとずっと好き。時々不思議に思うことがある。五年前、私はどんな風に生活していたんだろうか。どんな風に夕ごはん食べていたんだろう。どんな風に夜をすごしていたんだろう。どうしても思い出せない。それは私の傍に夫がいることがもうあたり前になってしまったからだ。空気というにはあまりにも甘やかな存在が、夫という男である。

しかし欲張りな私は今でも考える。

「もう一回恋をしたいナ。恋人欲しいナ……。不倫もいいナ……」

すると夫はパソコンゲームの手を休めずに言う。

「君ね、僕みたいに物好きな男は、そういるもんじゃないんだよ。あきらめなさい」

完全に読まれているのだ。

# 暮らす相手はシャツのようには選べない

昨日魚屋へ行ったら、とてもイキのいいイワシがあった。イワシは私の大好物である。

中年サラリーマンである夫の健康にもいいに違いない。時間を見はからい、他の料理がすべて並んだ時に焼きたてを出す。食いしん坊の私は、こういうところにとても気を使うのだ。

ジュージューまだ音をたてているイワシはとてもおいしい。脂ののり方もとてもいい加減だ……ン、私は夫の方を見る。彼は酢のものをゆっくりとつつき、それからお刺身をつまみ始めたではないか。私は次第にいらだってくる。

「イワシ、食べなさいよ」

「後で食べるよ」

「どうせなら焼きたてを食べたら、ほら、焼きたてでジュージューいってておいしそうよ」

「うるさいなァ」

夫はむっとした表情になる。

「どの料理から箸をつけようと僕の勝手だろ。君に指図される憶(おぼ)えはない」

私の頭の中で何かが炸裂し、テーブルをひっくり返したい衝動をおさえるのに苦労した。

「あなたね、自分は何ひとつしやしないんだから、せめて人のつくった料理をおいしい時に食べるぐらいのことをしたっていいでしょうッ、そのくらいしなさいよ」

ひとしきり夫婦喧嘩をした後で、私は時々考える。どうしてもっとこまめな男と結婚しなかったのだろうか。夫婦でキッチンに立つのは無理としても、妻が料理をつくっている間に皿を並べるぐらいのことをしてくれる男……が、そういう男が本当によかったかと問われると私はこれまた返答に困るのである。

若かった頃、私は男にさまざまなことを要求していた。頭がよくなければ嫌だと思ったし、外見も社会的立場も女友だちを羨ましがらせるレベルのものは欲しいと思った。が、年をとっていくに従い、分相応というものを考えるようになる。男の見方というものも変わる。しかしこれだけはどうしても譲れないというものが二つあった。ひとつはユーモアのセンスがあること、そしてもうひとつはひとり暮らしを体験したことがある男ということである。

自分で洗わなくては清潔な下着が引き出しに入っていることはない。自分で買物して料理しなければ、カレーライスを食べることは出来ない。こういうことが自然に身についている男は、確かにひとりかふたり、私の目の前に現れた。もっとすごいのになると、調理師とソムリエの資格を持ち、料理が趣味だという人物もいた。

私は一夜だけ彼の部屋に泊まったことがある。私の乱雑極まる部屋とは比べものにならないほど綺麗な部屋。彼は私のお夜食のために、すばやくスフレを焼いてくれ、それはとてもおいしかった。別室に私の布団をすばやく敷き、そして枕元には水さしと灰皿……。かねがね友人たちは、私のような女には彼がぴったりだとよく言っていた。会社に勤めながら家事はやってくれるだろうし、あなたなんかより、よっぽど気がきいているじゃないの。

全くあの夜はおかしな夜だった。当時ヘビイスモーカーだった私は、きちんと糊がきいたシーツにくるまれ、煙草を吸いながら、もう少しでしのび笑いをするところだった。自分が全くオトコになっているのがわかったからだ。ゆえに隣室に寝ている彼のことが気にならなかったし、恋みたいなことはこの先も絶対に起こらないだろうなあと確信を持った。オトコの心になっているのだから、相手の男にときめかないのだ。

そしてその時わかった。一緒に暮らして都合がいい男と、愛することの出来る男というのは違うのだ。

もちろんごくまれには、こういうことを一致させている女たちもいる。極端な例で言えば、主夫となり妻の仕事を助ける男、あるいはもっと表舞台に出て妻のマネージャーとなる男がこの世にいて、そういう夫に心からの感謝と愛情をささげている女たちも確かにいる。

だが困ったことに、「一緒に暮らすのに非常に適した男イコール愛情を持つ男」という方程式があてはまらない女というのも、おそらく何人もいるはずだ。特に働く女というのは、なかなかひと筋縄ではいかない。田丸美寿々(たまるみすず)さんとて、彼女のマネージャー業のため自分の仕事を捨て、田丸さんの資産運営さえしてくれた夫に、次第に嫌気がさしていったではないか。

この私とて同じだ。

「ハヤシさんのご主人、やさしそうでいいわね。何でも許してくれて、何でもしてくれそう」

などという声を聞くたびに、私は冗談じゃないと鼻白む。ただやさしくて、何でも言うことを聞く男に、私が満足するはずがないではないか。本当にそうだとしたら、つけあがった揚句、今頃はすっかり嫌気がさしているはずだ。

我儘で頑固で、私の言うことなどきこうとしない男。だからこそ歯ごたえがあって面白い。世間のほとんどの人は信じてくれないかもしれないが、私は外出すると夕食のことがまずいちばんの心配ごとになる。遅くなりそうな時は温めるだけにした料理を皿に並べ、食べ方をメモしておく。たいていの働く女なら経験あるだろうが、スーパーの閉店時間との格闘はしょっちゅうだ。

まあ夫の名誉のために言っておくと、本当に忙しい時にはあらかじめ言っておくと外食してきてくれるし、家が散らかっているのも目をつぶってくれる。どうやら彼は、

「文句も言わない代わりに自分でもしない」という道を選んだらしい。こんな男サイテイという女もいるかもしれないが、私はこの程度でよし、とする。

皿は洗ってくれないし、掃除はたまに人寄せをする時だけ。洗濯機は自分でまわさないし、ついでにお風呂も入らない。気むずかしいくせにだらしない男だが、私は彼から余りあるものをたくさんもらっている。私たちは週末になるとお酒を飲み

ながらいろんな話をする。私はよく夫から叱られ、「アホ」と罵られるが、彼が私の絶対の理解者であることは間違いない。彼は私の本を、今もって一冊も読んでいないが、私に才能と未来があることを信じてくれている。

まあこんなことを言うのは照れてしまうが、つまり夫は、私のことをすごく愛してくれているのだ。恋は何回かしたことがあるが、私は男の人にこれほど無条件に愛されたことがない。

そして私も夫のことが大好きで、うちは結婚以来「家庭内恋愛」をずっと続けている。二人でぐだぐだと喋り、散歩をし、そして車で遠出をする。この楽しさ、幸福感に比べれば、イワシを自分で焼かないこと、すぐに食べないこと、しょっちゅう口喧嘩することなどたいしたことではない。

結婚が遠いところにあった頃、私は一枚のシャツを選ぶように、結婚相手のことを友人と語り合った。

生地は上質のリネンで、衿はこんなふう。ぐるっと腕をまわした時に快適で、決して体を締めつけないこと。

けれど結婚相手はシャツではない。生身の人間で血が通っている。血が通っているから魂の触れ合いということが出来る。そしてそれで一緒に暮らす相手かという価値はきまる。

愛し合う前に条件をつくってはいけない。こんな簡単なことをどうして気づかなかったのだろう。

# それでも私は結婚したかった

結婚前の私は、ひどくだらしなく大雑把であった。もちろん現在もそうであるが、昔はもっとすごかった。

暑い夏の日に外出すると、玄関から居間に行くまでの間に、スカート、パンストを次々と脱ぎ捨てる。そして手を洗うよりもまず寝室へ入り、ベッドに横たわりながらガードルを脱ぎ、そして空中高く放り投げる。冷房を強くかけ、手には届けられたばかりの女性週刊誌。

下着姿になった私は、スターのゴシップに読みふけりながら「極楽、極楽」とつぶやく。その時、ある感慨といおうか恐怖が私を襲う。

「結婚したらもうこんなことは出来ないんだろうなあ」

私は確かに結婚をしたかった。けれども十八歳で家を出てからほとんど同じ年月ひとり暮らしをしている。この快適さも私は非常に愛していたのだ。

週刊誌の後は、大好物のミステリーを開きながらいつのまにか私はうたたねをしている。そして気がつくと時計は九時近くをさしているのだが気にすることはない。冷蔵庫の中の牛乳とクラッカーでも齧っておこう。それよりも面白い本の方が大切だ。

そして私はなおも思う。

「結婚したらこういう場合どうなるんだろうか」

当然のこととして、私はどれほど本に夢中になっていようと、どれほど疲れていようと、立ち上がって台所に立たなくてはならないだろう。それは私にとって大きな苦痛になるに違いない。

「全く結婚というのはしんどそうなものだよなあ」

私はため息をつく。しかしやはり私は結婚をしたかった。なぜかと言われても困る。女というのは大人になったら男の人と結ばれ、その人の妻に、やがては母親になるものだと私はずっと思い込んでいたのだから。この私の、思想ともいえない断固とした思い込みは、いったいどこからきたのだろう。不思議でたまらない。

そもそも私の母親からして、幼い私に向かい、よくこう言っていたものである。

「マリちゃんはひとりでも生きていける女の人になってね。結婚なんかそんなにいいものじゃないんだから。お母さんを見ていればわかるでしょう」

　ふつうあまり幸福でない結婚をした女の娘というのは、結婚否定論者に育つようである。しかし私は極めて単純な思考回路をしていた。

「お母さんは、あまりいい男と結婚しなかったからこんなふうにいい思いをしてないんだ。だけど私は、お金持ちでハンサムな男を見つけるんだもんね」

　結婚以外の道を模索しようとする前に、きわめて功利的な結婚をしようとする姿勢はまさしく今どきの女の子のものではないだろうか。五〇年代に生まれたくせにウーマンリブも、大学時代の女友だちとの会話も、私には影響をあたえなかった。私は彼女たちが呆れるほどひたむきに、純粋に結婚への夢を持ち続けていたのである。しかしやがて物書きになる私のことであるから、こういう思いは、ふつうの人の憧憬とは少し違う。私は多くの女友だちに言われた。母親と同じことをだ。

「どうしてそんなに結婚したがるの。結婚なんてそんなにいいもんじゃないわよ。結婚したって不幸になることだってあるわ」

　じゃ、永遠に続く幸福があるんだろうかと、私は胸の中でつぶやいている。どうせ人間は、あと四十年か五十年のうちには死んでしまうのだ。どんなに愛し合った男だって、嫌悪し、別れる時が来るという事実を、二十代の私は既に知っていた。

それならば人生のうちの二、三年、うんと幸福になったっていいじゃないか。甘い生活とやらを楽しむのもいい。それが出来るのが結婚なんだ。

少しの間だけ、目つぶしをくらわされて楽しく過ごす、その後は日常生活に変化し、「淡々」という日々になっても構わない。

まあ、私の結婚観というのは、極めてシリアスなものの上に築かれたものなのであるが、それゆえのお気楽さや単純さに溢れていただろう。私も言いはしなかったし、世間の人たちも誰ひとりとして私の考えを深く探ろうともせず、またその必要もなかったので、私はすぐにレッテルを貼られた。

「結婚したくてたまらない女の子」

というやつだ。この「女の子」という形容詞はあっという間に、「ハイミス」に変わり、後にいささか哀し気な様相を持つようになったようである。

私はこの形容詞を時々は利用し、時々はうんざりした。そしてこれをはずしたいために、一回ぐらいは結婚しようかなアと考えたこともある。

自分がモテたという話ぐらいいやらしいものはなく、私はそういうことをいうキャラクターでもないと思うが、何人か近づいてきた男性はいた。その頃いささかの成功を手にしていたから、私は男性の好みがかなりはっきりとしていたはずである。

まずふつうの女のように、金は全く問題としなくなっていた。むしろ「清貧」というやつに憧れていた。それよりも私が望んでいたのは、自分が持っていない知性や堅実なステータスというものであったから、学者や官僚といった男性を紹介してもらった。結局彼らとはただの友だちになったが、別の分野での男性とはちゃんとつき合った。お互いの両親に会い、結婚式の日取りまで決めた男性もいる。

しかし私は大切なことを忘れていた。結婚というのは男の社会的地位に酔い、盛大な結婚式を挙げることだけではないのだ。その男と共に寝て、同じ朝を迎えることである。それも毎日。

私はある男性との結婚を、親しい男友だちに相談したところ、即座にこう言われた。

「これから五十年間、朝起きるとアノ男が枕元にいるんだぜ、それでもいいのかよ」

いいのかよ、と問われると困った。いいかどうかという前に、彼とそういうことをするのはまことにリアリティがなかったのである。

結婚というのは聖と俗で成りたっているが、そのほとんどが俗の部分である。その俗を楽しくどうすごすかということに、学歴も地位も関係ない。ということがわかったものの、私は最終的にこれだけは捨てられないということがあった。それは下品な男だけは嫌だ。出来るだけ育ちのいい、おっとりした男がいいということである。この育ちのいい、ということにいろいろな解釈はあるが、とにかく私のまわりにはいない男を私は望んでいた。マスコミの世界はいやがうえにも、人を野心家にし、謀略家にし、噂好きにする。そして男の多くは大言壮語を口にするようになるようだ。

編集者と結婚する女性作家の心理が、今もって私はわからない。確かにラクチンであろうが、ヘンに事情がわかり合える相手と暮らすのは、毎日打ち合わせをしているようなものではないだろうか。

私と結婚した男は、専門書以外の本というものを全く読まない男だ。私が常識だと思っていたことをいっさい知らない。たとえば有名人といわれる人々、私が日本人なら誰でも知っていると思った人たちに会っても、彼は有難みを持たない。なぜなら彼らが誰だか知らないからである。

従って私の業界風の悩みに同調してくれることもないのだが、それがどれほど私の気分を救ってくれていることか。

「たいしたことじゃないよ。そんなこと、どうだっていいじゃないか」

そうだ、ふつうの世の中から見れば、こんなことはとるに足らないことなのだ、ということを私は彼から教えてもらう。

夫とはひょんなことから結婚した。この私がお見合いで結婚するなんてと、いちばん驚いているのは私自身である。私のような女は、ふつうのサラリーマンの男がいちばん敬遠（というより拒否だな）するタイプだろう。しかし一見ふつうの男に見えた夫の中に、非常に洒脱な部分とユーモア、そして私と共通するいいかげんさがあった。

しかし何といっても、彼はサラリーマンであるから、私は毎日夕飯をつくり、次の日は朝食をつくって夫を送り出す。徹夜での仕事はもう出来なくなった。パンを齧りながら原稿を書くこともない。

しかし非常によかったことは、相手もだらしない男なので、以前のように暑い日はベッドに寝そべっていられる。さすがにガードルを空中に放り出すことはないが、週刊誌に読みふける時間は変わらない。

多くの若い女性から質問をうける。

「結婚したメリット、デメリットは」

「以前のように仕事が出来ますか」

私は答えながらふと思う。そりゃデメリットはたくさんあるよ、だけどトータルで幸福になればそれでいいじゃないか。

結婚も仕事も、幸福になるためのひとつの手段にすぎない。幸福になるためにやってみて、それが失敗してもいいじゃないか。

私は不平不満をたえず口にしている女が大嫌い。自分で選んだ道を、いつも他人のせいにしているからだ。あんなにいろんな理由にされる「結婚」って、本当にかわいそう。

# パートナーと愛する男とは一致しない

最近私を怒らせたある出来事がある。雑誌で対談の際、私のプロフィールが載った。そこには、

「二年前に念願の結婚を果たし」

と書かれているではないか。念願かどうかというのは私が決めることである。他人サマにあれこれ言われる憶えはない、といきまいたものの、ある種のあきらめが私を襲う。結婚うんぬんについてのエッセイは、私の仕事の数パーセントに過ぎない。私に限らず、女の物書きというのは、結婚について露悪的に書きたがるものだ。などという言いわけも空しく私のインパクトというものは突出したものらしい。現実に結婚したにもかかわらず、まだ私に結婚というものはついてまわる。

独身時代に描いていた夢と、実際の生活は天と地ほどの差があるはずだ。そういうところから出発して、結婚の根本的意義を問いただす文章を書けというのが、ど

うやら編集者の意図らしい。私もそういうものを書き、人生の深みや苦みを感じさせる文章をものにしようと思っているのだが、あまりうまくいきそうもない。なぜなら二年目を迎える私の結婚生活はすこぶる順調で、毎日楽しい日々を過ごしているからである。

もちろん小さないさかいや不満は山のようにあるが、そういうものを計算に入れても、二人で暮らすことの安らぎや充実感は、ありあまるほどの幸福を私にもたらしてくれる。

などということを書くと、お前のような楽天家は珍しいのだ、と叱られそうであるが、本当に世の中はそれほど結婚否定者に満ち満ちているのだろうかと、私はかねがね疑問に思っている。マスコミというものはいいかげんなもので、

「結婚しなくなった女たち」

とでかでかとタイトルを載せる雑誌があるかと思えば、

「女たちは家庭を望み始めた」

と同じ週に別の雑誌で書きたてる。全くどっちにでもころぶ世の中である。

「最近は女の人たちが強くなり『結婚しないかもしれない症候群』という本も出るぐらい、結婚したがらなくなった」

昨年あたりからこの書き出しの文章を、私は何回、目にしたことだろう。しかし、これを書いたおじさんたちは、この『結婚しないかもしれない症候群』という本など、全く読んでいないのである、情けなくなるほど安易に枕に使っているだけだ。あの本は揺れ動く適齢期の女性たちをルポルタージュしたものであるが、中に登場する女たちの誰ひとりとして「結婚したくない」「結婚するつもりはない」とは言い切っていない。今は仕事が面白いし、恋だってもっとしたい。いずれは結婚して、子どもも持ちたいと思っているが、どうなるかはわからないという、ひと頃や流行(はや)った言葉でいえばファジーな状態が「しないかもしれない」という言葉になるのだ。

私のまわりを見渡しても、ハイミスの友人たちは、顔を合わせるたびに、

「誰かいい人いないかしら」

を絶叫する。私は絶対に一生結婚しないわ、だってそれに興味をもてないんだもの、ときっぱり言いきっているのは中野翠(なかのみどり)ぐらいである。

「バツイチはもちろんOKよ。子どもがいなかったら再々婚だって構わない」

などと言っている友人たちも、その昔は鷹揚に構えていたものだ。

「いまは仕事が面白いし、いずれいい人が現れたら」

の〝いずれ〟が、まさか三十七、八歳になるとは想像していなかっただろうが、彼女たちはまだ望みを捨てていない。なぜなら自分たちに大いなる自信と誇りを持っているからである。子どもなどは医学の進歩によって四十過ぎでも産める。いまはみじめったらしいハイミスのふりをしているが、ある日、突然不意討ちをくらわせるような結婚をし、高年齢初産にも挑戦してみよう。

つまりいずれは、人生の帳じりを途中で合わせるつもりでいるのだ。

いま、多くの独身の女たちも、こんな気持ちでいるはずである。都会に住む二十五歳から三十歳までの女性の独身率が半分近い高さになっていると聞くが、彼女たちは決して焦っていないのだ。仕事を楽しみ、キャリアというものに挑戦してみたい、そして十分にひとりの快楽を享受してから結婚のことを考えようと思っている。

私は断言してもいいのだが、結婚したくない女は決して増えていない。いずれ結婚しようと、その問題を遠くへ追いやった女性が激増しているのだ。

けれども、彼女たちのそうした余裕が突然凍りつく時がある。あらためてまわりを見渡した時、いい男がいない、ということを発見するからである。最近の女性雑誌を注意深く見ている人なら気づくと思うが、この頃多く取り上げているテーマに、「男運が悪い」

「いい男がいない」
という切実なものがある。いい男がいない。この言葉というよりも叫びをいったい何度聞いたことであろうか。現代の女たちの考える結婚というものが、昔とこれほど違ってきていることに、どうして男たちは気づかないのか、私は不思議に思うことがある。

結婚をきっぱりと否定する女たちは、決して増えていないと私は書いた。働く女たちが増え、ストレスが男女平等にたまる世の中だからこそ、女は家庭が欲しいと思う。男性を望む。けれどもこの場合の男性は「お料理をつくって待っていたい」男性ではない。人生に同じ意識を見出し、同じ目的に向かって歩こうとする男性、つまりパートナーなのだ。このパートナーという事はさんざん言いふるされているけれど、今ほどはっきりとしたかたちとなってあらわれている時はないだろう。それなのに男たちはこのことに気づかない。いや、気づかないふりをしているのかもしれない。昔ながらの良妻賢母を望むのはまだ可愛い方で、今の男の図々しいところは、キャリアを持ち、男並みの給与をもらいながら、家事のうまいやさしい女――などとぬけぬけと言うことだ。全く右を向いても、左を向いても、こんな男しかいない女というのも不幸きわまりない。

かくして私のまわりに何が多発しているかというと、三十代後半の女と、二十代の男というカップルだ。二十代の男の頭脳の進み方に、ちょうど働き盛りの三十女が一致するようなのである。

年下の男と結婚した女を、男のマスコミはこぞっていじめるが、小柳ルミ子現象は、巷のいろんなところでちゃんと進んでいるのだ。私はこうしたカップルの話を聞くと、嬉しくて嬉しくてたまらなくなる。

しかし全部の女が、こうした男と結婚して幸せになるかというと、そうはいかないのが世の中の面白いところでもある。

「一緒に暮らして都合のいい男と、愛せる男とは必ずしも一致しない」

という事実に、私たちは愕然とすることがある。パートナーシップも最高、ひとり暮らしが長いから、料理洗濯も自分で出来る。妻の意見を十分に尊重し、自由にしてくれる。旅行だって喜んで行かせてくれる。などというような男が存在しているのと、そういう男を愛せるのとは全く別の話だ。私は『クロワッサン』に登場する主夫とか、無農薬野菜に力をつくすフリーライター、子育てが趣味の公務員という方々を写真で見て、心を動かされたことがない。何ひとつ家事をしない、頑固でわがままな、うちの亭主の方がずっといいと密かに思う。向こうの奥さん方も同じことを言うだろう。

そんな中、先日ある若い女性に、

「どんな人と結婚したいの」

と質問したところ、

「好きな人」

との答えが即座に返ってきてとても新鮮だった。こんな気持ちを久しく経験したことがなかった。「好きな人」という言葉の前で「三高」だ、パートナーだなどという言葉は薄れてしまう。

好きな人と寝起きを共にし、好きな人と思う存分おしゃべりをする。これが結婚の原点だということをこのところ私たちは忘れてしまったような気がして仕方ない。しかしこの「好きな人」が現れないから、女たちは悩み苦しんでいるのだ。結局パートナーと愛する男との間で、これからも女は揺れ動くに違いなく、だからこそ結婚の論議は続くのである。

最後に先輩として言わせていただくと、遠くに追いやっているうちに結婚はいつか消滅してしまう。本当に心から欲しい時にそれが手にいれられない人生もつまらないものだ。

## いま、こんな男が素敵

私は原宿の真ん中に住んでいるが、一歩家を出るとそれこそ可愛く、素敵な男の子がうろうろしている。彼らのスタイルのよさ、ファッションセンスなど、ただもう感心するばかり。

「ま、かわゆいじゃん」

と目の保養をさせているので、格別嫌なこともない。ただ、あまり賢そうじゃない女の子を連れて、大人のテリトリーに入り込んでくる時は、いささかむっとするが、すぐに見ないようにする。

一人、二万円から三万円もとられるような日本食の店や、麻布のバーに彼らがやってくることはあまりにも多いから、もはや慣れてしまった。男の子がよくもあれほど耐えられるものだと思う時もあるが、若い女の子がちやほやされるのは昔から特権であろう……。

ここまで寛大な私が、「ガバッ」という感じで反応する時がある。それはどういう時かというと、私たち熟年女と、若い男とのカップルですね。

右を向いても、左を向いてもそんなのばっかりで私は最近、ため息をつくことが多い。七つ八つ下はあたり前、ひとまわり違うと聞いて初めて人々の目の端にのぼるぐらいだ。特にマスコミやファッション業界に多いのかもしれないが、全く歳下の男というのは、こっちの方面で大活躍しているのだ。

同い歳の女の子たちには、ほとほと疲れてしまったのだろうか。それとも三十過ぎの女たちがそれほど魅力的なのだろうか。

といっても、結婚までこぎつけるケースはまことに少ないようだ。それも昔のように、

「私なんか歳上だから」

と、女が泣き泣き身をひくのではない。もはや彼女たちが結婚を希望しない時代なのだ。ひとりでいても、十分快適に暮らせる経済力を彼女たちは持っている。

それならば気を使わなければいけない同い歳、もしくは歳上の男よりも、歳下の男の方がずっといいではないか。だいいち、えばったりしてもタカがしれている。なにやら命令したり、亭主カゼをふかせたりするのも可愛い、そうだ。

不思議なことに、女たちは今までの恋人にしなかったようなことをし始める。朝ごはんをつくったり、ブランドもののシャツを買ってあげたりするから驚く。

彼女たちに言わせると、なぜかそんなことをしようという気になるそうだ。

「前の男だと、カチンときたことが、今度の若いのだとあんまり腹もたたないの。喧嘩にもならないし、ただ、ただ、いい気にさせとけばいいからよ」

全く、若い男にとって、これほど都合のいい相手がいるだろうか。かくして彼らは次第につけあがっていく。

「オレはさ、やっぱり若くて、ピチピチしたのといずれは結婚するわけだから……」

などと、平気で口ばしるのも、若い男の特徴だ。

彼らには言い分がある。

「彼女は結婚するつもりはない。だからこっちが結婚の話をしても傷つくはずはないよな。その時になったら、いずれは別れるんだろうから」

そりゃそうかもしれないが、歳上の女といえども、そうドライに割り切っているわけではないのだ。口では偽悪的なことを言っても、純情加減は、今日びの女の子より、ずっと上かもしれない。

私の友人は、やはり歳下の恋人がいるクチであるが、先日はさすがに口惜し気に言ったものだ。相手の男はまあ、エリートと言われる人種である。すると自分の価値観を、えらそうに披露するらしい。

「やっぱり、見合いで金持ちの娘とするつもりだよ。出来たら長女じゃないのがいいけど、やっぱり東京に持ち家ぐらいないとね……」

などということを、恋人相手にえんえんと楽し気に喋る男というのは、いったいどういう頭の構造になっているのだろうか。

古え(いにしえ)の名作と言われるものを見ると、歳下の男は、限りない愛情と純情を歳上の女にささげることになっている。

「私はあなたとは合わない。あなたにはもっと若い人を」

と女が言うのをぐっとひきとめ、

「僕を信じてついてきてほしい」

などと言い、パーッとつっ走るのは若い男のすることであろう。それなのに今は、女の方が、

「私のことは気にしないで」

と言おうものなら、

「そうだね、そのとおりだね」

　とすぐ調子にのる。

　拒否がある。が、その裏にある愛情を読みとる。そして先まわりして、さらに熱い言葉で相手を屈伏させる。これが恋の醍醐味というものではないだろうか。

　相手が歳上の女だったら、とにかく愛して愛し抜く。結婚する意思があろうと、なかろうと、あなたなしでは死んでしまうぐらいの気概を見せる。

　そうして女にロマンをあたえ、自分も恋のレッスンをする。やがて時期がきたら、「思い出をありがとう」と言って、綺麗さっぱり手を切る。以後は決してつきまとわない。自分の恋を他人に話したりするのはもってのほか。歳上の女はそこらの若い男より、はるかに社会的に持っているものが多いのだから。

　このくらいのわきまえがなかったら、ヘタに歳上の女とかかわらない方がいい。流行だからなんてとんでもない。

　そお、歳くった女を本気で怒らせると、後がこわいよ。

# エイジレスな女になる

# エイジレスな女になるために

少し前まで「カマトト」という言葉があった。現在よく使われる「ぶりっ子」とは、少しニュアンスが違う。その中には、いい年して……という意味合いが含まれている。

女にはその年齢にふさわしい言動があるのに、まるでネンネのように何も知らないふりして、という非難の言葉だ。しかし今やこれは完璧に死語となった。〝ぶりっ子〟のように演技を非難されることがあっても、女はもはや〝らしくあれ〟ということで咎(とが)められることはない。

特に都会に住む自由業の女の、自由勝手なことと言ったらどうだろう。えー、仲よしの友人のことバラしたくないが、私は〝年齢を超えた〟という言葉を聞くたびに、いつも中野翠のことを思い出す。彼女の年齢はあまり知られていない。しかし私がそれを教えてやると、たいていの人が「ウッソー！」とのけぞる。

若い娘を持つ母親のような年齢で、タンタン君模様のTシャツを着たり、ピースマークの小物に凝ったりする。高い服なんか絶対に着ない。古着を自分で工夫したり、ゴルチエのバーゲンで買う。しかもそれがやたらと似合ってカッコいい。あの年齢で（しつこくてゴメン）白いTシャツとパンツといういでたちが、あれほど似合う女はちょっといないんじゃないだろうか。

私はずっと中野翠を見ていて、いくつかキーワードを発見した。おばさんとエイジレスな女とのわかりやすい違い。それはフラットシューズとソックスをはけるかということである。もちろんおばさんだって休日にソックスをはくこともあるだろうが、ほとんどはストッキングにハイヒールだろう。

フラットな靴にソックスを日常的にはけるというのは、それだけ自由なライフスタイルを持っているということである。そして自由なライフスタイルを持つための条件とは何か、それは、学校関係になるべく近づかないということであると、私は最近発見した。およそ校門とか、PTAといったものほど、女を〝らしくさせる〟ところはないんだもの。

私の友人で、ふだんはコム デ ギャルソンで決めている女も、子どもの学校へ行く時は、デパートで買ったスーツを着ていくようだ。

「あんまりとっぴな格好をして、子どもが学校で友だちになんか言われたら可哀相だもの」

ある有名な女性クリエーターは、トレードマークのカーリーヘアを、美容院へ行ってふつうの髪型にしてもらうそうだ。こういうことを定期的に行なうと、元のアバンギャルドな服装に戻っても、どこかおばさんくささがつきまとう。

校門というのは魔力を秘めていて、ここをちょっとでもくぐると、ただちにおばさんになる粉がばらまかれる。大人の女の中でも、いつまでもカッコいい人たちをよおく思い出してごらん。いしだあゆみさん、桃井かおりさん、藤真利子さんと独身の女性ばかりだ。ユーミンみたいに結婚していても、子どもがいずに校門をくぐらなくて済む人は、ずうっと二十代のままで時が止まるみたい。

ま、まれに一児の母の浅野温子さんのような方もいるが、賢い彼女は絶対に子どもの話をしない。

若年層においても美少女は、大学なんかに進んじゃダメ。あそこの校門は、いちばんすごい力を持っていて、足を踏み入れた女を、みいんな女子大生という人種にしてしまうんだから。

さて、エイジレスな女になるためには、とにかく校門を避けることだと私は言った。校門を避けるということは、もう〝なくてはならない〟という言葉に縛られなくてもいいということである。少女らしくしなくてもいい。三十女らしくしなくてもいい。つまりアウトローに生きる、ということである。しかし、ふつうのアウトローの女というのはたいてい小汚ない。すっぴんで自然食品やっていたりする人に、時々とんでもない若づくりがいる。フォークロア調のお洋服に、白髪も編み込んだ三ツ編み。自分ではエイジレスのつもりらしいけれど、ただ老けて汚ないだけだ。〝らしさ〟を捨てた容器は、別のもので満たさなきゃならない。それがスタイルというものなんだ。

ユーミンは、これは全身スタイルで出来ているような人。いつまでたってもピカピカと輝いているはずだ。本当にこのスタイルというやつはむずかしい。

しかしひとつはっきりと言えることは、エイジレスな女たちは、世の中に非常に強いインパクトを与えたことがある人たちだということだ。世の中に出る人間は、いちばんインパクトの強い時で人々の印象が止まってしまう。自分のことを例に出すのは恐縮であるが、私の場合『ルンルンを買っておうちに帰ろう』でデビューした二十代後半で、皆さんの記憶は固まってしまったみたい。私はもういい年の女流作家になったのだが、相変わらず世間からはやたらエネルギッシュなルンルンねえちゃんという目で見られる。

私はもうヒトヅマなのよ、もう年増なのよ、といっても無駄なことだ。まあこれはとても幸福なことであるが、同時にしんどいことでもある。これに耐えられる強さを持った女が、エイジレスとして世の中に残るんだ。

世の中の女性は、くれぐれも校門に気をつけてほしい。

それから男も注意しないと校門と同じことをするのがいるからね。女を自分の恋人としての型にはめようとする奴。ちょっと物識り(ものしり)でお説教くさい男っていうのは校門と同じで、私ぐらいになるとぷんぷんにおうが、若い時はただのインテリに見えたりするからコワイ。用心しながら、そういうのを避けて通ってね。ちゃんとね。

## メイク道は日々勉強、日々冒険

誰にも経験があるだろうけれど、女友だちと旅行に出かけると、その素顔に驚くことがある。普段は美人でとおっている女が、クレンジングクリームをはがすやいなや、間の抜けたダサいネエちゃんに変わってしまうんだから。

若い頃は、

「ケッ、汚い手使っちゃって。寝てる間にポラ撮って男に見せびらかしてやろうか」

などと考えたこともあるが、この歳になるとよくも化けたり、あっぱれとひたすら感心してしまう。

一所懸命やってるんだろうなあ。そうよね、女だもんねといった同志愛さえわく。こうして手のうちをさらした女友だちと二人、風呂上がりにビールを飲んだりするのは、「戦士の休息」という感じでなかなかよいものである。

概して私は化粧のうまい女が好きだ。無意味な厚化粧や、無化粧三つ編み自然食品女は、ちょっと友人に持ちたくないけれど、メイクのきまった女というのは、ヘアやファッションのセンスもいい。メイクがうまい女というのは、それだけ自分のことを知っているということ。自分を知っているということは、自信と活力に溢れているということを意味する。

友人の自由業をしている女たちの、モード系のメイクも好きだし、美容院で読む『ヴァンサンカン』の外資系企業広報エリート女性、アイラインくっきりメイクも私はいいなあと思う。自分の個性というものがとってもよくわかっている人たちではないだろうか。

女だったらみんな雑誌のメイクテクニックのページを熱心に読むはずだ。やさしい感じにしたかったらピンクのシャドウ、理知的に見せたい時は眉をキリリと描いて……などという記事を読んだ後は、ブラシを買いに「シュウ・ウエムラ」のショップへ走ったりする。もちろん私もそんな一人。目元を神秘的に見せるために、パープルのマスカラも買った。肌のてかりをよくするっていうゲランのパウダーも、いち早く手に入れた。

しかし私は大切なことを忘れていたのだ。メイク特集のモデルさんは美しい。それはそのメイクが彼女のためになされているからだ。だけど私のためじゃない。そう、一万人の女がいたら、一万とおりの化粧法がある。

「口の大きい人はパール系を避け、濃い色でくっきり描きましょう」

という教えは正しいんだけれど、ヘアメイクの人は私のことを見ているわけじゃない。口が大きいといっても、その大きさだって千差万別。もしかしたら、てかてかのパールピンクが似合う大口の女がいるかもしれない。雑誌に書いてあることが、すべてあたっているとは限らない。だからメイクっていうのはすごくおもしろいんだ。初めて口紅をひいた十四歳の時から、女は限りない修業の道に入る。二十代後半になり、やっとメイクがうまくなったと思う頃、今度は肌の衰えをカバーする術をマスターしなければならない。女の一生は本当に忙しいぞ。一生勉強だ。

そしてこの勉強は最初からいいお点はとれない。私など化粧をし始めの頃、

「あんたみたいにヘタな化粧をするぐらいならしない方がマシ」

と人に言われ、泣きたくなったこともある。今思うと、全く見当違いのことをしていたのだ。唇は出来るだけ小さく見せようと、ファンデーションで塗りつぶし、おちょぼ口に描いていた。へんてこりんな舞子さんみたいな口紅の塗り方であった。目はやたらシャドウを塗りたくって、今思うとはれぼったく見えるアイメイクの典

型だったろう。

目は大きく、鼻すじはとおして、口は小さく。私は私の顔を規格品どおりにしようと必死だった。本当にバカみたい。私はたった一人で、私の顔はひとつしかないということを忘れていたんだ。

それにしても、私にとって、女にとって何ていい時代が訪れてくれたんだろう。私が思うにアイメイクというのは、昔からそう変わるものではない、つけ睫毛をつけたり、眉を剃ったりした時代はあったというものの、目を「大きく見せる」という目的はずっと変わっていない、これから先もそうだろう。西暦二〇〇一年になろうと、三〇〇〇年になろうと、目立たなくすることはあっても目を小さく見せるテクが出てこようとは思わない。

そんなことより、この十年ほどのメイクの歴史の中で、革命を遂げたものは唇である。優し気で従順な女を表現するため、ちょっと前まで女の人たちは、とにかく唇を薄く小さく描くことを第一とした。私のようなタラコ唇の持ち主は、そりゃあ可哀相だったわけ。ところがどうだろう、この数年世界のトップモデルたちは、みんな唇を大きく厚く描く。

流行とか時代は、女たちにこうささやいているような気がして仕方ない。

「あるがままの自分でいい。だけどそれを魅力的に見せた人が勝ちよ」

ここで頭のいい女たちが、俄然有利になるのだ。頭のいい女性というのは、前向きに生きている女性のことで、それは仕事ばかりでなく美しさのサクセスにも及んでいる。

私はこういう女性が大好きだ。メイクもヘアもいいところはどんどん吸収して綺麗になっていく。私も一応〝有名人業界〟と呼ばれるところに長年いるからわかるのだが、最初は野暮ったくてひどい服を着た女の人たちがどんどん洗練されていくさまは、映画の「プリティ・ウーマン」なんてもんじゃない。

芸能界だけではなく、マスコミ界、文筆業界だってすごいスピードである。

よく女は、他人から見られると美しくなるといわれる。私が言うところの「有名人ホルモン」であるが、私は最近、このホルモンの出どころをやっと解明した。ホルモンは実は自覚症状なのである。人に見られる自覚と、そのためにキレイにならなくてはいけないという義務感だ。

いつもはスッピンによれよれの服の私であるが、出かける前はそりゃ頑張ります。柴門（さいもん）ふみさんに教えてもらったアイメイク。ディオールと資生堂と何と七色を駆使するそれは、ちょっと時間がかかるのがナンであるが、仕上げた時の満足感というのは、ちょっとした原稿を片づけたようなもんだろうか。私がこのメイクをすると、秘書のハタケヤマ嬢が感にたえぬように叫ぶ。

「ハヤシさん、その化粧って、ふつうのシロートさんがやる化粧じゃないですよ」

「そうお」

もちろん私は大満足。しかし何度も言うようにメイクというのは日々勉強である。ひとつ自分にぴったりのメイクを手に入れたからといって、これにとどまってはいけない。

流行や人の顔というのは日々動いているものなのだし、着るものや出かけるシチユエーションによってメイクを変えるというのは当然のこと、しかしこれがなかなかむずかしい。

あるヘアメイクの人から聞いたことがある。

「女の人っていうのは、いったん自分が覚えたメイクを、本当に変えようとしないんだよね。若い時に身につけたそのまんまを、ずうっと引きずっていくから困っちゃうよね」

つまり私の年齢だと、ブルーのアイシャドウ、ピンクの口紅といったサーファーっぽい化粧を、いい歳になってもやってしまうということ。ここまでひどくなくても、八〇年代のナチュラルメイクを、未だに守っている人もいる。今井美樹（いまいみき）風の真赤なルージュを、大きめに塗っている人もいる。これも個性というならそれでいいのかもしれないが、私がいちばん恐れていることは、化粧が〝日常〟になってしまうことだ。口紅を塗るのが、歯みがきとか、ブラッシングと同じものになってしまう。コワイ。

メイクは日々勉強、日々冒険だと私は思いたい。最近私が凝っているのは、六〇年代メイクであろうか。つけ睫毛や太いアイラインは、ピチピチした若いコだからこそ似合うもの、という分別が出てきたのも勉強のタマモノ。私がやると六〇年代の亡霊みたいになってしまう。だから髪を思いきり外巻きカールにして、ピンクの昔っぽい色の口紅を塗る。すると何ていおうか、我ながらはずしてないなあと思ってしまうのである。

この頃はイタリアやニューヨークブランドの服ばかりで、すっかり金持ちおばさんオーソドックスになってしまったが、私はまだ流行もんが大好き女だったという喜び。

ナチュラル、知的メイクを目ざして頑張っていたけれど、ある日突然、人工美、バービー人形をしたくなってしまうのが女だあ。こういう気まぐれに対処するために、普段からメイクのページはちゃんと読んで、しっかり勉強しようね。

それといつサクセスするかわからないんだから、そのためのメイクテクも、ちゃんと身につけておこうね。

# 偉大なるメイク修業

沢口靖子さんを見ていると、なんだか気の毒になってくることがある。あんな美人に対してそんなことを言うなんて、神をも畏れぬ所業のようだけれど〝恵まれすぎている不幸〟という言葉を思い出すのだ。

あんなに綺麗で整った顔だと、創造する楽しみなんか何もないんじゃないだろうか。そしてそれが一種の野暮ったさに繫がってしまうのが〝いま〟なんだ。

ユーミンに女の子たちがどうしてあんなに憧れるかというと、彼女と顔とのかかわり方っていうのが、すごくカッコイイからである。はっきり言って彼女は、美人っていうわけではない。自分でも地味な顔っていうぐらいだもの。

けれども非常にメイク映えする顔とテクニックを持っている。そしてどんな洋服でも着こなしてしまうプロポーション、これよね。大根足のぽっちゃり美人（注・沢口さんのことではありません）と、モデル体型のおジミ顔とどっちを選ぶかといったら、たいていの、おしゃれに自信のある女の子だったら、後者の方を選ぶだろう。だってその方がずっと得だということを知っているもの。

自分の顔をパーツと考え、それに手を加える。そこから〝いま〟っぽさや、創造性というものを見せる、というお手本を示してくれたのはユーミンだった。

沢口さんばかりでなく、女優さん全体がどこか垢抜けない印象になるのは、彼女たちの顔が美しすぎて、それだけで完成されてしまっているから、だろう。もちろん樋口可南子（ひぐちかなこ）さんみたいに、非常にすっきりと洗練された人もいるが、あまりにもモデルっぽくなりすぎて、女優としての存在がイマイチになるのはいたし方ない。

そう、女優さんがうんと仕立てのいいイタリア製スーツだとしたら、ふつうの女の子は単品コーディネイト。とにかく努力とセンスで頑張るほかないのだ。

原宿に住んでいる私は、時々感動にうたれて、横断歩道の真ん中で立ち止まってしまうことがある。原宿はまだ修業中の子供が多いところであるが、おしゃれの優等生も山のようにいる。

いますれ違った、プラダ風のパンツスーツを着たコなんか、田舎にいれば全く目立たないコだろうなあ。それが東京で頑張り、洋服、メイク&ヘアと腕を磨いたおかげで、かなりチャーミングな女の子になっているじゃないか……。

しみじみとした感慨が私を襲う。

ちょっと美人だからって、ロングヘアでハイヒールのワンパターン女よりも、私はこういう女の子の方がずっと好き。顔洗うと元のおジミに戻ったとしても、それはそれでいいじゃないか。メイクがうまいっていうのは、すんごい才能で、一生の財産なんだ。何か言う男がいたら、

「プロとして休憩の時なのよ、こういう時を見られるのを幸せと思いなさい」

と言ってやろう。

私なんかうちにいる時は、いつも無化粧であるが、そのかわり、どこか行くとなると、バシーッと決めてやる。その落差に夫は驚くが、ま、この落差があるところが、自分でもとても気に入ってるんだ。

アイシャドウを入れ、口紅をひくと、私の顔はとたんにいきいきとお喋りを始める。女だったらそうだろうけれども、私もこの瞬間がいちばん好き。

全くこの顔とは長いこと苦楽を共にしたよなあ。喜びも悲しみも幾歳月、ある時はコンプレックスのカタマリになり、ある時はちょっと恋人におだてられて、いわれなき自信を持ったこともある。

今のような平常心を持てるようになったのは、やはりメイクの技術を習得したか

う。

らであろうか。異を唱える人もいるだろうが、私はメイクがかなりうまい方だと思

私は芸能人ではないが、プロのアーティストにやってもらう機会が多い。そういう時は質問攻めにして、いろいろ教えてもらうのを常としている。

生まれて初めて、プロの人にしてもらった時の感激を私は忘れない。それまで嫌で嫌でたまらなかった自分の唇。厚ぼったくって、大きい。今までデパートの化粧品売場の女性たちはこう言ったものだ。

「ファンデーションで塗りつぶして、目立たない色で小さく描くのがコツよ」

長いことこうしてたら、とてもみじめな気分になった。ところがプロの人は、いきなり大きく、真赤な色で塗ったじゃないの。すると不思議、いじけていた私の唇は、あだっぽく、とてもカタチよく見えるではないか。もちろん大きくて厚いけれど、それがどうしたのさって唇自身が言っている。つまり、こういうことが個性だって、私は教えてもらったわけだ。

メイク上手になるために、私が心がけていることをいくつかお話ししよう。

①ファンデーションは徹底的に研究する。

プロの人がメイクに二時間かけるとしたら七割はファンデ。いま使っているエス

ティ・ローダーのリキッド。これにしなさいと、なんと浅野ゆう子さんの専属アーティストから教えてもらったんだよ。

②用具に凝る。

付属のチップだけなんてサイテー。シュウ・ウエムラの筆を、私は数本使いわけている。学生時代の図画の時間を思い出して、いろいろ工夫してみるのは、女だけの娯楽。

③女同士の旅行はメイクを飛躍的にうまくする。

高いものをそんなに買えるわけじゃない。女だけの旅行って試供会、かつ品評会を兼ねて本当に楽しいよね。うまい人にもテクをいろいろ聞ける。

そう、メイクって何て面白いんだろう。何て偉大なんだろう。

メイクと時代が、多くの女の子を救っていると私は断言してもいい。

# キレイを手に入れる努力は楽しい

ほとんど進歩がないのね。唯一皆に誉められていたお肌も、年のせいかくすんでいる。日々のオーバーワークのために小皺だっていっぱい発生。ダイエットは……。聞かないで頂戴。結婚以来私は八キロ近く太っているのだ。ちょっと痩せたと思ったら、また太るの繰り返し。そう、私って志は高いんだけれど、少しも進歩していないのよ。と自分では悲観していたのであるが、この頃会う人ごとに言われるのだ。

「ハヤシさん、すごおく痩せたわね」

「ハヤシさん、この頃キレイになった」

そう、歯を直したのである。私はかねがね口の悪い男友だちから、

「顔の下半身がブス」

と言われ続けてきた。目は大きくてまあまあなのであるが、口元が出っ歯で全体のバランスを崩しているというのだ。四年前、ある歯医者さんでクリーニングをし

てもらったところ、

「あなたのような歯だと、年と共にどんどん前に出て、やがて唇が閉じられなくなりますよ」

と忠告された。そして歯の矯正に踏み切ったのであるが、これが想像以上に大変であった。矯正というのはご存知のように歯を針金でがんじがらめにする。

「ね、見て、見て」

自分でももの珍しさのあまり、まわりの人たちに見せびらかしたのは最初のうちだけ。にっこり笑えない。人と話をする時めんどう。テレビ出演などはすべて断った。歯磨きだって大変だ。

そしてこの矯正のために歯を抜いたとたん、急に結婚が決まったものだから夫にはすまないことをした。そりゃあ、そうだ。人前に出る時以外は、頭にヘッドギアなるものをつける。これは頭をヘアバンドのようなもので固定し、ゴムの力で思いきり歯をひっぱる装置である。ある日曜日、これをつけたまま夫とテレビを見ていたら、遊びに来た友人が驚き呆れ、

「あんたらはＳＭ夫婦か」

と怒鳴ったシロモノだ。

「僕の姪もずっとやってたから見慣れてるよ」

と言ってくれた夫は本当にいい人である。それにひきかえ、

「歯が直ったら、歯医者さんの言うとおり、すんごい美人になるかもしれない。サナギが蝶になってそこへすんごいハンサムが現れ、不倫を申し込まれたらどうしよう」

などと夢想していた私は、なんと悪い妻であろうか。

そして三年たち矯正にすっかり慣れ、それをつけていることが、もはや私の一部だと思われた頃、やっと装置ははずれたのだ。思えば長い歳月であった。もちろん歯医者さんの言う「すごい美人」にはほど遠いけれど、前よりずっと口元のあたりがすっきりした。そして口がぐっと奥に引っ込んだとたん、鼻が高く（見えるように）なったのも思いがけぬ効果だ。

自分の顔が日々変わっていくのを見るのは楽しい、面白い。私は整形手術をそれほど否定しないが、手術をした人ってこの楽しみがなくて可哀相だナァと思う。なぜなら何の努力もなく手に入れたキレイなんてつまらないじゃないか。

私は昔コピーライターだった頃、小さな化粧品会社のコピーにこんなことを書いたことがある。

「顔は私の花畑です」

その前に大手の化粧品メーカーの、

「肌は私の作品です」

というのがあったため、もじりと見なされ通らなかったコピーであるが、私はこの言葉がとても好きだ。朝晩手間をかけ、どこのメーカーにいい肥料（クリームのことね）があるといえば走り、有機栽培（自然化粧品のことね）がきくと聞けばさっそくためす。そしていつしか大輪の花開くのを待つ私の花畑、それが顔だ。もちろんカラダと言い替えてもいい。今の世の中、顔とプロポーションはトータルで採点される、いい時代ではないだろうか。

もし顔がちょっと個性的だったらスタイルに磨きをかける。足が太くてナンだったら、メイクの修業と肌の手入れに励む。

長く女をやっている私が断言するのだから間違いないが、

「人間、外見より中身だ」

なんていうのは嘘！　大昔、恵まれない女の子を慰めるためにつくられた嘘だ。箱の中身は見えない。素敵にラッピングされたものに手が伸びるのはあたり前だ。ただし、どう自分をラッピングしたいのかというビジョンをつくり出す頭はなければならない。

とにかく私は努力している女の子が大好きだ。お風呂に入るたびにマッサージをし、カカトをよおくスクラブしてクリームを塗り込む。爪のお手入れもちゃんとして、流行りの色のマニキュアもつける。こういう時間、自分のお花畑をつくり出すひとときが、女の子の内側を変えると私は信じているのである。

それから劣等感というのは、女の子をキタナくするから気をつけようね。私なんかウケたいばっかりにちょっと謙遜したら大変なことになった? 私はここではっきり言わせてもらうが、作家と自ら名乗れば誰でも作家になるように、自ら美人の看板を掲げれば結構それで通るのが世の中というものだ。

私のまわりにこの手の女の人がかなりいる。

「私は美人よ。美人っていうことになってるんだからよろしくね!」

という強いオーラがあたりをおおい、他の人はもう何も見えなくなってしまう。ちょっと変わったメイクも服の趣味も、

「そういうものかもしれない」

とまわりの人を納得させてしまうからすごい。この種類の女の人は有名人というか文化人に多いのであるが、彼女たちのパワーには負けてしまうのである。

　あれは内面が評価さえ変えてしまう特殊な例。いつしかあんな風になりたいと思っていたのであるが、生来の気の弱さからついにオーラを手に入れることさえ出来なかった私。

　ところであまりお役に立たないかもしれないが、私の美容法をお教えしましょう。ダイエット法はただ今研究中なのでまた後で。

①とにかく眠る

　寝不足は私みたいな年増になってから差がつくわよオ。編集者が泣こうとどうしようと、夜はぐっすり眠らせていただきます。

②洗顔は水でね

　お湯で顔を洗った後、しつこくしつこく何十回も水で洗う。これで肌にハリをとり戻す。

③エステは最高

　バブルがはじけて、エステのお客が減ったみたいであるが、あれは精神的な効用が大きい。私は睡眠タイムと定めてぐっすり眠ってくるぞ。いろいろ手入れ法もプロから聞ける。

④パックはまめに

私はパックが大好き。あの楽しさを味わうため、私は洗い流すやつでなく、コーセーのひっぱがすやつをつかっている。あの方が毛穴が開いていいという説もある……。

等々、女というのは自分だけの美容法、自分だけの気に入りの化粧品を持っているはずだ。そしてこの知恵と努力が明日の幸せにつながる。

それからこれがいちばん重要なことであるが、目標を持つということである。それもごく近い卑小なことの方が効果がある。すんごい変化を遂げて、女優になる、モデルになる、などと大それたことを考える人はいないだろうが、女の子はただ漠然と、

「キレイになりたい、変わりたい」

と考えることが多いようだ。これは挫折しやすい。友人の結婚式に出るためにとか、就職するから、進学するのをきっかけに、というのもナンカいまひとつパワーがわかない。やはり、奇跡的変化を遂げる、我ながら惚れぼれするほど努力の人となる、といったらやっぱり男の人との旅行であろう。私はかつて世界のある都市で再会を果たすために、それこそ死にもの狂いで自転車こぎをし、エステ通いをしたことがある。あれは本当にすごかった。十キロ痩せ、お肌もすべすべ……。久しぶ

りに会った彼は、私が誰だかわからなかったといったぐらいである。

ああ、こんな過去の栄光にすがってはいけない。私は現在の夫のためにももっと頑張ろうではないか。顔はかなりほっそりしたし、あとダイエットがうまくいけば、かなり変化を遂げられるはずだ。

本当に私はエライ。毎日のこの向上心、このあくなき追求。

## ユーミンがお手本

化粧映えする女性というと、私はまずユーミンのことを思い出す。

まずどんなドレスも着こなせるプロポーション、本人も語っているとおり、ちんまりして整った目鼻立ちは、化粧次第でどうにでも変わるものだ。そしてあのきめ細かく綺麗な肌といったら……。ユーミンこそ内面を含め、本当の意味で現代の美人だと思う。

そう、これは強がりでも何でもないのだが、もう昔風のあの手の美人を羨ましいとも何とも思わない。昔風というのは、私たちが学生の頃、よく生息していた吹き出もの美人である。目がパッチリと大きく鼻も高い。写真を撮ったりすると目立つ顔なのであるが、不思議なほど肌が汚い。たいてい毛穴が目立つ浅黒い肌で、ニキビや吹き出ものが目立っていた。そして百パーセントに近い確率で、着ているもののセンスが悪いのも彼女たちの特徴である。何とはなしに中途半端のまま完結してしまった美人といってもいい。
が、現代はどのファッション雑誌を開いてもわかることであるが、美人というのは可能性を秘めている人のことである。真っ白いキャンバス地として上等かどうかということだ。かたちのよさを問われるし、まずその布地の出来がよいかどうかということが、うんと大切になる。ここで出てくる言葉が、「色の白いは七難隠す」というやつであろう。これは新解釈をして、色の白さというのは肌の美しさととりたい。どんなに日焼けしていても、なめらかなハチミツ色というものもある。
化粧をし始めたばかりの頃というのは、大きな目や、すっきりした鼻に憧れるものだ。しかし、メイクがうまくなってくるとすぐにわかる。パーツなどというのは、アイラインやリップでどうとでも誤魔化せるのだ。むしろ、大きすぎる二重は、なんとはなしに野暮に見えてくるのが昨今の顔事情である。それよりもリキッドのアイラインが似合う、オリエンタルアイがいいなと思ったりする。
百人の女の子に質問して、
スタイル抜群のアジア顔と、
ちょっと派手な顔立ちのずんぐりむっくり。
この二つのうち、どちらかを選べといわれたら、たいていの人はスタイル抜群のアジア顔を選ぶのではないだろうか。

アジア顔というからには、もちろん美しいオリーブ色の肌がその表現の中に入る。お化粧や洋服のことがちゃんとわかってきた女の子は、これがいかに大切なことか心しているのだ。

どれほど凝った化粧も、肌がキレイでなくてはすべて泣いてしまう。何よりもキレイな肌には清潔感と知性があるではないか。

肌と知性とにどんな関係があるのかと言われそうであるが、実は大いにある。肌にはその女の子の生活がすべて現れる。夜遊びが悪いといっているわけではない。楽しいことをしたならば、それはそれでケアをきちんとする。そして、夜遊びを含め、自分の生活をきちんと管理コントロール出来る女の子にだけ、美しい肌は約束されるのである。

食べものも気をつけなくてはならない。好きなものを好き放題口にする、といったようなぐうたらな真似は、まずニキビとなって出てくる。自分の肌は自分の花畑と思い、大切に大切に育て慈しんでやる。

そして大人になり、中からの機能が衰えた時、月に何回かエステティック・サロンへ行く経済力を持つことも肝心だ。言っておくが、ダンナの金をあてにしてはいけない。こういうのってとても贅沢なことだから、自分のお金で行く。自分のためだけにお金を使う。中年からの美しい肌は、自立した女の証でもある。そういう肌の歴史をぜひつくっていただきたい。そう、ユーミンがお手本だ。

# 和風コスメではんなり美人

久しぶりに京都へ遊びに出かけ、舞妓さんを呼んでもらった。十九歳になるという舞妓さんは肌がすべすべしていて、白塗りがとてもよく似合う。

「どんな化粧品を使っているの」

と尋ねたところ、

「こういう化粧してますさかい、ふつう売っているもの以外にもいろいろと……」

あとは言葉を濁した。きっと京都に伝わる秘密のクリームとか化粧水を使っているに違いない。さっそく帰り道、私は雑貨屋さんで脂とり紙を買った。「舞妓さんご用達」というあれである。我ながらなんと軽はずみな女だろうと思うものの、その使い心地は大層よい。

あれは二年前のことになる。金沢を旅行した折、金箔をつくる老舗を訪ねた。その時にお土産に貰ったのが、特製の脂とり紙である。何でも金を薄く伸ばす際に使う和紙は、大層脂分を吸い、肌を綺麗にするという。いわば廃品利用ということになるが、この脂とり紙のすごいこと、すごいこと。ちょっと鼻の頭や額におくだけでごそっと油分をとる。市販のなんとかティッシュというものとは比べものにならないくらいだ。この時から私の中に、和風コスメティックあなどりがたし、という思いが生まれたのである。

私は職業柄、芸者さんたちに会う機会が多い。接待で時々連れていってもらうのであるが、特に感心するのは、老妓と呼ばれる女性たちだ。とうに六十、七十を過ぎているはずなのに、肌などはピカピカしている。仕事のたしなみといってしまえばそれまでであるが、やはり秘訣はあるようである。

「私は子どもの時から絶対に石鹼なんか使いません」

という七十近い芸者さんがいた。多少のシワはあるものの、その肌は透きとおるように白くきめが細かい。

「ずうっと玉子の黄味だけで体中を洗ってきたんですよ。戦争中はそりゃあ苦労しましたけど、ひもじい思いをしても玉子の黄味で顔を洗ったんです」

こういう話を聞くのは大層面白い。そして私は和風コスメに挑戦してみようと決心するのである。市販の化粧品が言ってみれば西洋医学だとすると、和風コスメは東洋医学であろう。気功やハリといったアレだ。効く効かないは心理的なものがかなり作用するような気がする。速効性がないかわりに副作用もなく、じわじわ効いてくるのもそっくり。

そういえばわりとお金のない若い頃、かなり和風コスメに凝ったことがある。友人の一人がとても綺麗になっていたので驚いたところ、お母さん手づくりのヘチマコロンを使っているという。

「そのかわりファンデーションは塗れなくなってくるわよ。呼吸しづらくなるからってね」

排他的でストイックなところも東洋医学に似ているようだ。その後、れんげ水、絹タオル、さめのオイル、ロイヤルゼリー等、いろんなものに凝ったが、今も時々見かけると買ってくるのはウグイスのフンであろうか。ウソーッという若いコがまわりに多いのであるが、昔からウグイスのフンは、美人への近道と言われていたのである。酵素をたっぷり含んでいることは現代でもちゃんと解明されている。昔の女性たちは、ウグイスを飼っている好事家（その頃はいっぱいいた）と契約して、籠の中のフンを大切に持っていったという。

うちの祖母などは、お風呂に入るたびにウグイスのフンを入れた米ぬかで体中を磨いていた。汚ないなどという感じは全くせず、非常に風情のあるものだったと記憶している。そうそう、黒砂糖石鹼も、彼女にとって大切なアイテムだったなぁ。幼い私はお風呂場で時々なめてはよく叱られた。こうして黒砂糖石鹼、ウグイスのフンと並べられると、懐かしい思いでいっぱいになる。

が、昔の人と今の若い女性たちと、どっちが綺麗かと問われると、今の方がずっと綺麗だ。これは間違いがない。例えばお母さんの昔のアルバムを見てごらん。クラスメイトと写っている写真の女の子たちは、たいていぽっちゃりと太っていてスタイルも悪い。ニキビなんかもずっと出ていたのではないだろうか。

それに昔の美人というのは、ちょっと目鼻立ちがよく肌が美しければよかったが、現代の女の子たちはそれだけではすまない。まずプロポーションが重要視され、ファッションセンスも問われる。頭の回転がよく、いろんな話題もなければ駄目だし、男の子のあしらい方もうまくなけりゃね。現代の美人というのは本当に忙しいのだ。

それにもかかわらず和風コスメをお勧めするのは、

「はんなりと美人になっていく」

プロセスをつくってくれるからである。今の私たちだと、ぱっと顔を洗い、ぱっとボディーローションを塗る。万事コンビニエンスにことを進めようとする。が、昔の女性たちは米ヌカで足のかかとや、耳のうしろといったところをたんねんに磨いた。着物の時代はディティールをとても大切にしたのである。そういう精神を知るだけでも和風コスメは効き目がある。これは市販のメーカー品も同じだが、自分と合いさえすればものすごい効力がある。

それにパッケージがなんとも可愛いではないか。米ヌカを使い、黒砂糖石鹸を泡立てる。そしてウグイスのフンを少々……。

今の化粧品にいちばん欠けているのは、こうしたおまじない的要素だと思うけれどもどうだろうか。

## 着物でベストドレッサー

着物にハマってしまった。

昔からあれほど、着物に近づくな、と言われ続けた意味が、この頃になってよくわかるようになった。お金はかかるし、手間はかかる。うちのタンスに入りきらなくなった着物が、いつかピアノの上に積まれ、夫からはおこられる。

「いいかげんにしなさい」

それでもハマったものは仕方ない。もっと着物が似合う女になりたくて、お茶や日本舞踊を習うようになった。この怠け者の私が、一生懸命お稽古ごとに精を出すようになったのも、すべては着物のせいである。

思えばいろんな洋服を着たもんだ。稼ぎはほとんど衣装代に消えた時期もある。パリのシャネルで、オートクチュールをつくったこともあるし（仮縫いのため、もう一度パリへいったぞ）、ウィーンの舞踏会のためのイブニングドレスやエトセトラ……。

けれどもどんなイブニングドレスも、着物の快楽にはかなわない。ドレスは一回脱げば、もとのカボチャ娘に戻ってしまう。楽しい思い出、ありがとうと箱に入れてしまえばお終い。だが着物は、たとう紙にしまった時から、また別の物語が始まる。

今度はどんな集まりに着ていこうかしら。今度はどんな帯に合わせようか。

今度は似た色で、小紋をつくってみようかな。

「今度」がいっぺんに出現して、私は息苦しくなってしまう。一枚つくれば二枚欲しくなり、フォーマルが欲しくなればカジュアルが欲しくなり、今度は帯がほしくなって……。うーん、着物は後をひく。やめられない。途中でストップが出来ない。

私は経験したことがないが、麻薬というのはこういうものかもしれない。それもマリファナとかコカインといったお手軽なものではなく、阿片のようなもっと伝統があり、重々しい麻薬だ。

さて着物を着ようというのは、今の時代、それだけでフォーマルだと思う。友人の披露宴で着る振袖はもちろんだが、ふつうのパーティでも着物で行くととても喜ばれる。

着物には〝格〟というものがあり、それはどれがエラくて晴れがましいかという順序なのだが、若くてキレイな女の子だったら、訪問着できめなくても、可愛い小紋で十分だろう。

が、ここに大きな問題がある。最近の若い女の子にとって、着物の華やかな色というのはどうも馴染めないようだ。

だからこの頃、洋服感覚の毒々しい原色や、やたら地味なお煮しめカラーの着物が流行っているのだが、ああいう着物は肌を綺麗に見せないし、とても損だ。けれども、世の中全体、地味好み、若い人ほど暗い色が好きな今日この頃、おしゃれな女の子は、みんな黒かグレイばかりだものね。

それで私がお勧めしたいのが、江戸小紋の中の鮫小紋である。小紋というのは〝格〟があまり高くないカジュアルな着物とされているが、江戸小紋の一部は別。昔、おさむらいさんたちが、裃(かみしも)に使った柄だというので、特別扱いされているのだ。ひとつ紋をつけると、準フォーマルになり、かなり気が張る席にも堂々と行ける着物だ。おまけにこの鮫小紋のいいところは、近くからだと鮫のウロコ状の粒々が、渦巻いているが、遠くからだと無地に見える。だから帯とのコーディネイトが存分に楽しめて嬉しい。

チャコールグレイというのは、ワンピースやセーターでお馴染みの色だろう。それにスカートと合わせる、いや大きめのスカーフをするような感覚で帯を選び、アクセサリーをきかせるのと同じように、帯締めと帯揚げを選ぶ。

こういうことをするのが着物の醍醐味で、ちょっとやり始めると完璧にハマる。もちろん古典的ないい帯と組み合わせるやり方もあるが、今日はパーティーと仮定して油絵タッチのバラの帯を締めてみた。これは黒い漆がかかっていてとても凝っているものだが、その割には値段も高くない。こういうのを「気がきいている」というんだよね。

私は洋服のベストドレッサーにはなれなかったが、着物のベストドレッサーにはなれそうな気がする、がどうだろう。なんとかこの最後のコースで「いい女」を狙いたいものである。

# 着物を着るアペリティフ

私と着物との出会いは、成人式の振袖というごくありきたりのものだ。母と隣家に住む従姉とが毎日のようにデパートに出かけ、あれこれ選んでいたのを思い出す。

「着物の小物っていうのがこれまたお金がかかるもんなんだから。だけどちょっとでも手を抜いたらおかしいし……」

と帰ってきた父に嬉しそうにこぼしていた。

ところがこの母が、成人式の日に思い切り手抜きをしたのである。本来なら美容院へ行くはずのところ、あの頃着付け教室に通っていた従姉が、私がすると言い出した。いまひとつぴしっと帯がきまらないなあと初めて着る身で思ったのだから、やはりヘタな着付けだったに違いない。おまけに足袋(たび)が私の足にまるで合わないのだ。私は二十四・五センチという大足の上に幅が広い。あらかじめ足袋を合わせておかなければいけなかったのであるが、母は忙しさにまぎれてとんと忘れてしまったらしい。

用意してくれたものが入らず、あわてて男ものの小さいものを買いに走ったのであるが、糊がついたままのサイズが合わない足袋は、まことに気持ちが悪かった。晴れ着をまとった嬉しさよりも、不平をたらたらこぼして皆に、

「まったく可愛げのない娘だ」

と叱られたことだけを憶えている。

その後十年以上着物とは縁のない生活をおくっていたのだが、ある時から急に凝り出すようになった。きっかけは京都の友人を得たことである。彼は何百年と続く西陣の若旦那であった。彼に頼んで弟の結婚式用の色留袖、おしゃれな訪問着をつくってもらう頃には、私はすっかり着物にはまり込んでしまったのである。

着物を着ても動作があまりにも荒っぽいと自分でも思い、お茶や日本舞踊を始めた。着物に関しての本もよく読む。とはいうもののこれといって私は誇れるものはない。センスがあるわけでもなく、着物がきまる優美な顔かたちを持っているわけでもないのだ。もちろん知識や経験は初級者にケがはえたぐらいである。

しかし、私がちょっと自慢出来るかなあと思うところは、謙虚な気持ちを絶えず忘れないことである。いくら着物が好き、といっても毎回着ているプロにかなうは

ずがない。年配の、着物を日常着にしていたキャリアの女性には頭を垂れるばかりだ。

私は「着物の師」というべき友人を何人か持っていて、こと細かにその人に相談するようにしている。着物にはこと細かなルールがあり、それをめんどうくさいと思うか、楽しむかは個人の自由であるが、私は後者の方だ。日本の四季を体と心で感じるために、さまざまなきまりごとはあると思っている。

まだ若く着物好きという人の中には、ひとりよがりとしかいいようのない人が多い。どうしてお正月に菊づくしの着物なんだろう、どうしてこんなに奇妙な伊達衿をつけているんだろうと驚いたりする。着物にまったく無知な人ならともかく、着物を何枚も持っている人がだ。

「ちょっと私のところに聞きにきてくれればいいのにねえ」

私が師と仰ぐ着物通の友人が呆れたように言うことがあった。

「あれだったら何のために着物を着てるんだかわからないじゃないの。そこへいくとハヤシさんは素直だからいいわ。それだけがあなたの取り柄よ」

ヘンな褒められ方をした。私は自分がほとんど初級者だと知っているので、おかしな小技は使わない。半衿はいつも白で、ニュー着物は手にしない。清潔にきちんと着るというのを基本の第一にしているのだ。明日は着物を着ていくという時は、師に電話をして必ずお伺いをたてる。私は以前のようなひどい失敗はしないというものの、帯との取り合わせ、着物の格ということで迷うことはしょっちゅうだ。

「あのね、ちょうど季節だから梅の訪問着にあの黒い蜀江華文（しょっこうかもん）の帯にしようと思うんだけどどうかしら」

「パーティーにあの帯は格調高すぎるわよ。もっと軽くしなさいよ。黒の帯だったらさ、ほら、あの無地っぽいつづれがあるじゃない」

　彼女は私の着物をほとんど把握しているのだ。そしてこうした〝衣装相談〟ぐらい楽しいことはない。私のような年齢になってくると人にものを教わったり、指図されたりするのはそう楽しいことではなく、しょっちゅう居直る。が、着物の場合は違うのだ。人からいろいろなことを聞き、いろいろなアドバイスを受ける。これは着物を着るアペリティフのようなものであろう。こうした楽しみを知らずに、自分のセンスを過信して着物を一人で選び、そしてすぐに飽きてしまう若いお嬢さんを本当に残念だと私は思う。

## 夏こそ着物

この二、三年、私は「夏こそ着物」を提唱している。

夏はもちろん暑い。陽ざしはきつくて、汗がだらだら流れてくる。冬にだって着ないのに、どうしてよりによって夏に着なきゃいけないの、とほとんどの人は思うだろう。けれどもそれが狙い目。夏に着物を着る人は少ない。若い女の子にいたっては、それこそ希少価値といってもいいだろう。

勘違いして浴衣をどこへでも着てきて、おばさまたちの眉をひそめさせる女の子はいても、長襦袢(ながじゅばん)をきちんと着ている女の子なんて見たことがない。だからとても目立つ。うんとおしゃれだ。

先日オペラを観に出かけたところ、若いすらりとした女の子が、ヘアバンドをしてピンクの単衣(ひとえ)を着ていた。ドレスやスーツの女の子もいっぱいいたが、彼女に視線は集中していたのである。夏に着物を着ると、とにかくツーランクぐらい上のおしゃれさんになれる。

夏の素材は、透ける絹や麻、芭蕉、果ては紙、バナナの木の皮なんていうのもあってとてもおもしろい。おまけに他の季節のものよりもぐんと安く、ざぶざぶ洗える化学繊維も充実しているのだ。

私の夏の着物の中から特に気に入っているものといえば、まず、沖縄の石垣島で買った八重山上布(やえやまじょうふ)である。麻を織って模様をつくり出す上布は、かなり貴重なものになりつつあるが、八重山上布だったらまだそれほどの値段でもない。

もう一点、京都の「むら田」で買ったチェックの着物。小千谷縮(おぢやちぢみ)といって、これも透ける素材だ。ワンピース感覚で着るととても可愛い。

バルセロナへオリンピック取材に行った折、これを着て何度かパーティーに出かけた。外国で着物、というとやたら身構えてしまうが、こういうモダンな柄だとそれほど照れたり緊張したりもしない。

こうした夏の着物は見た目も涼しそうだしお行儀がよさそうだ。何よりも綺麗。そしてこうした夏の着物に欠かせないものがひとつある。それは日傘だ。日傘というと、おばさんがさすもの、というイメージがあるかもしれないが、最近は陽焼けしたくない女性たちが多くなり、また復活しつつあるという。

専門家の受け売りであるが、この日傘、江戸時代は我も我もという感じで流行したという。漆を塗った紙や絹でつくったもので、こうした日傘は今も踊りの世界に残っている。

いつのまにか洋式日傘のことをパラソルというようになったそうだが、この言葉はハイカラであることの代名詞のようにもなったという。

「昔の歌にあるでしょ〝もしも月給が上がったら、私はパラソル買いたいわ〟って奥さんが言うの」

「それよりずっと前、森鷗外の『雁』の中に、男が奥さんとお妾さんに、同じパラソルをお土産に買ってくるというのがありましたね」

陽ざしをよける白い傘は、女の人たちの心をかきたてる何かがあったに違いない。そういえば「夜目、遠目、傘の内」という言葉がある。この傘というのは、雨傘ではなく日傘であろう。陽ざしを遮断するから、まるでライティングをするような効果があるはずだ。

ちなみに浴衣に日傘をさすというのは、まずあり得ないということである。この頃、勝手なルールが横行しているようであるが、浴衣というのは日が暮れてからのもの。湯上がりに着て、ちょっと近所に行くものだからであろうか。この頃、浴衣で街を行く女の子をよく見かけるが、夏の陽ざしと、原色の木綿はあまり似合っているとはいえない。ワンピースやサンドレスならともかく、着るものが重たくなってくるのだ。盛夏は、やはり透きとおる素材や日傘でいったんやわらげた光がふさわしいようである。

　これから本格的な夏がやってくる。けれどもそれこそ着物は豊富になってくる。やはり沖縄の織物宮古上布に、新潟の越後上布、それから透きとおる絹の紗（しゃ）と絽（ろ）。夏のパーティーなんかにどんなにいいだろう。

　夏の着物は、ごほうびにたくさんの賞賛がついてまわる。それはちょっとびっくりするぐらいだ。ほんとにいっぺん試してほしい。

## 着物がもたらす現象

京都市からグレース大賞というものをいただいた。着物の文化・普及に貢献したということであるが、かなり気恥ずかしい。なにしろこの賞、岩下志麻（いわしたしま）さんとか、沢口靖子さんといった名だたる女優さんが今まで受賞していたのだ。

「どうして今回はハヤシさんなんでしょうか」

などと意地悪く聞く記者がいたが、てんでわかってない。受賞した女優さんがそうだというわけではないが、芸能人の多くは、呉服屋さんがバックについている。つまり有名女優さんに、自分のところのものを着て、パーティーや取材に行ってもらうわけだ。

そこへ行くと、私の場合は全部自前である。一生懸命働いて、一枚二枚と買っていったものだ。現代を生きる女性だからこそ、着物をまとう楽しさを知ってほしいとエッセイに書いている。

と確かに自分で言いましたが、他人から口にされるのは腹が立つ。

さて授賞式の時に私が着ていた桜の着物についてお話ししよう。このためにつくった着物と帯も桜だが、長襦袢も細かいピンクの桜模様だ。着物というのは、思いもかけないものがとても目立つような仕組みになっているから、隅々まで手が抜けない。長襦袢もそのひとつだ。たかが下着だと思ったら大間違いで、袖からこぼれる色や模様で「おぬし、できるな」ということになってしまう。

着物が桜だから、長襦袢はうんと細かい模様にして、みいんな桜づくし。間違えると野暮になる。なにしろ桜模様というのは本当にむずかしいんだから。

着物の柄というのは「早取り」が大切だと言われる。季節の花や事柄を少し早めに着るのが粋なのだ。桜は特に厳しい。着られるのは三分か五分咲きぐらいまでで、満開の時に着るのは粋じゃない。盛りのものと競おうとするのははしたないと言われているのだ。となると桜が着られるのは東京の場合、三月はじめから終わり頃だろうか。四月になって桜を着る時は、ちょっと桜情報に注意した方がいい。そのくらいデリケートなものなのだ。

馬鹿馬鹿しい。そんなものに気を使うぐらいなら、洋服で自分の好きなことをした方がいいじゃない、という人がいた。こういう人に着物を着たり、桜をまとうことの楽しさはわかってもらえないと思う。全く着物はお金がかかるし、取り扱いもやっかいだ。しかし洋服の時には得られない恍惚感というものがある。

私も着物に関して決してベテランでも有識者でもないけれど、愛好者のひとりとしていろいろお話し出来ることがあるんじゃないかと思っている。まず着物を着る時に大切なことは、謙虚な心ではないかと、やっと私は気づいた。自分は何も知らない、何も持っていないということを確認して、知っている人に教えを乞う、という態度が肝心なのだ。なまじおしゃれや色のセンスに自信を持っているため、自己流に着てとんちんかんな人がいる。着物は長い間に培われてきた色彩感覚やルールがあり、それを大きくはずすとやはりおかしなことになるのだ。

もちろん自分なりの個性をプラスしたり、着崩したりすることはとても素敵だが、それは上級者になってからでも遅くはない。そしてこれは声を大にしていいたいのだが、着物の不思議さは、古典がとてもモダンだったり、昔からの浅黄(あさぎ)や蘇芳(すおう)といった色がとても新鮮なことにある。なにも洋服と同じ色彩感覚にしたり、ピアスやネックレスをじゃらじゃらつける、ということをしなくても、十分に個性や新しさは出るというものだ。

そもそも若い女性が着物を着るということ自体、とても素敵で新鮮なことなのだから、奇妙きてれつなことをしなくてもいい。私は出来たら例のニューキモノみたいなものをそろそろやめて欲しいなあと思っている。毒々しい地色に、バラの大輪やでかい蝶々、あれと同じ値段で、友禅のきちんとした着物を買えるはずだ。

おばあちゃんとかおばさんなど、親戚や近所を探せば着物好きの人はきっといる。いなかったら呉服屋さんへ遊びに行く。何も買わなくたっていい。呉服屋さんというのは、前を通るとわかると思うが、お客さんでごったがえしている、という場所ではない。よくこれで商売が出来るものだと感心するほど、ひっそりとして人影がない。そんな時、若い女性が行ったら大歓迎されるぞ。お金持ちの常連さんみたいな人が来たら、さっとどくぐらいの心くばりを見せれば、絶対に邪険にはされない。だって独身女性というのは、将来どんなお輿入れが待っているかわからない、大切なお得意さま予備軍なのだから大切にしてくれる。そのうちに顔も憶えてもらい、ひまな時はお茶の一杯もご馳走になって着物のことをいろいろ教えてもらう、なんてのも楽しい。若い店員は駄目だが、呉服屋さんにはきっと着物の生き字引きのような女主人や番頭さんがいて、そういう人の話を聞くのは、これまた着物を着る醍醐味というやつである。

そしてあまり気がとがめるようだったら、ボーナスの時に小紋の一枚でも買えばいい。学生だったら親への（彼だとちょっと可哀相）おねだりを着物にしてみる。この時あなたは気づくはずだが、着物のおねだりというのは親を思いのほか喜ばせる。特に男親にきくよ。男というのは変に着物を買ってやるということに特別の感慨をわかせるものらしい。

全く着物というのは、いろいろいつもと違う現象をひき起こす。本当にやってごらんってば。

# 呉服屋さんを覗く楽しみ

着物をまとうことは恥をかくことだと、この頃しみじみ思う私である。先日は帯が崩れてきてホテルのトイレでべそをかいた。先日は大島を着たところ、帯と色が合っていないと人から指摘された。

なまじ着物の賞をいただいたばかりに、各方面からチェックが入る。もう気楽に着物を着ることも出来ないよ。今日は歌舞伎座に小紋でも着ていこうと思っても、あそこでのおばさま方の視線がこわくて、つい洋服にしてしまう。こんなことではいけない、着物というのはどんどん着て、どんどん恥をかかなければ上達しませんよと、私の着付けの先生はおっしゃるけど本当かしらん。

しかし相変わらず着物のショッピングはやめない私。着付けがもっとうまくなった日のためにと称して、最近は織りや小紋といったカジュアルなものに手が伸びる。着物はそれを身にまとうことがもちろん快感の大きな要素を占めるが、着物を見て選んで買うというのもそれと同じくらいのパーセンテージだと私は思っている。全く買い物がこんなに楽しいというのは、洋服の比じゃない。シャネルでもアルマーニでも、こんなふうに胸がドキドキしない。私なんか着物を一枚買うと帯をあれこれ合わせたり、小物をコーディネイトしてみたりして一週間は十分楽しめる。着る前からうれしいことは始まっているんだ。

というようなことを言うと、若い友人たちからブーイングが起こる。

「だってハヤシさんはお金持ちだもん……」

違う、違う。お金が無くったって着物は楽しめると私は前に声を大にして言ったじゃないか。デパートや専門店に飾ってあるもの、いくつかの展示会、ギャラリーを見るようにしていろんな着物を眺める。もし大きなお部屋を持てることがあったら、あんな絵を飾りたいナと思うような気持ちで着物を見てみる。そしてお店の人に話しかけてみる。

「あの、この着物キレイですね」

私は断言してもいいのだが、若い女の子というのは呉服屋さんでとても大切に扱われるはずだ。すぐに買わなくても（そもそも着物はすぐに買うもんじゃない）着物に興味を持ってくれて、それを楽しんでくれたら呉服屋さんはウレシイ。へんないろ教えてくれるに違いない。

安売り店でなく、ちゃんとしたお店なら歓迎してくれる。そして着物のことをいろいろ教えてくれるに違いない。

そう、「志(し)ま亀(かめ)」のご当主・武内さんみたいな方のお話を聞くのも、着物にまつわる楽しみ方のひとつだ。「志ま亀」は銀座の一等地にあり、いかにも高級店という感じ。初めての女の子にはかなり入りづらいだろうが、ちょっと勇気を出してドアを押してほしいそうだ。

「別に買わなくてもよろしいんですよ。うちの着物をじっくりとご覧ください」

「でもお行儀はよくしてね」

「いいえ、そんなことはありません。着物をお好きなお嬢さまは、たいてい一人か二人で入っていらしておとなしくご覧になりますよ」

私の軽口に反論なさる。根っからの商売人で着物を愛する方なのだ。

思えば今から四年前のこと、中野翠と二人、ここのウインドウに顔を押しつけて着物を眺めていたっけ。着物はとても素敵だったのだが、やはり入っていく勇気がなく、少女のように小心になっていた。そんな私たちを見て、お店の人がにっこり笑い、

「どうぞ、ご覧になるだけでも……」

と言ってくれたのがきっかけだ。私はこのお店でいろんな着物をつくってもらうばかりでなく、シミ抜き、寸法直し、コーディネイトの相談、何でもやっていただいている。時には旅行先で買ってきた反物を持っていって仕立てだけやってもらうが、それももちろんOK。着物を着るということは、呉服屋さんとどうつき合うかということだ。そのためにもメインのいい呉服屋さんをどうやって見つけるかだが、私は直感で決めた。「志ま亀」さんの着物は、柄がちまちましていないで大胆でシンプルである。そして色がこっくりと美しい。個性ということは、ひとつ間違えると下品になってしまうことがある。特に着物の世界でその可能性大だ。けれどここの着物はどれほど斬新な柄だろうと本当に気品高い。朱や、濃いグリーンという色は、安物だとひどくけばけばしくなるのだが、ここはあくまで深くていい色だ。もう私には着られないけれど、友禅の振袖の朱色なんか、ため息が出るような美しさ。日本の昔からの色はあざやかだが決して派手じゃないとわかる。

だけどこういうお高いものではなく、まずは小紋から始めてみるのはどうだろう。

「うちは高価なものしか置いていないように思われますが、若い方にぴったりの可愛らしいものもいろいろございますよ」

ご当主が小紋をいろいろ選んでくださった。帯を変えればいくつもの着こなしが出来そうなものばかりだ。まず一枚手に入れて大切に大切に着る。そしてこの時に手入れの仕方や畳み方もマスターしてしまうことを薦めます。

しかしそれにしても、呉服屋さんというのは面白いところだ。出てくるお茶とお菓子がやたらおいしいし、ここのご当主にも会える。着物の着こなしといい、お話の面白さといい、着物への愛情と知識の深さといい、もうこれからの日本には出てこない人だ。

# 卒業式の袴

卒業式のシーズンが近づくと、私は少しユウウツといおうか、困惑と嫌悪が入り混じった気分になる。街中が仮装行列になってしまうからだ。卒業式に袴が流行り始めたのは、いったいいつ頃からなのだろうか。私たちの頃はほとんどがスーツで、振袖がちらほら。袴姿の人は本当に珍しく「わーっ、変わってるぅ」という感じであった。ところがこの数年は袴が大流行りで、袴姿は成人式の振袖と並ぶ「二大和服行事」となっているようだ。しかし、みんなどこかおかしい。本来ならば儀式に着るべきフォーマルな着物が、単に〝仮装〟になっていくのが、私には不満だ。

そんなわけで着物の専門家にいろいろお聞きしてみよう。江木良彦さんは、日本でトップレベルの着物コーディネーターである。かの宮沢りえちゃんをはじめとする女優さんたちの着付けはもちろん、着物のデザイン、考証と大変な活躍ぶりだ。映画やテレビドラマで、昔の着物を着るシーンがある時は、いろいろな方たちが江木さんに相談に行くと聞いている。

江木さんがおっしゃるには、女性が今のような袴の姿になったのは明治だそうである。それまでももちろん女官の緋(ひ)の袴のようなものはあったが、日常着となったのは明治、それも共立あたりの女学校から発生したらしい。女学生が足が見えてはおかしいということで、さまざまな工夫がなされたということだ。

「袴にルールのようなものはあるのですか」

とお聞きしたら、

「実質的にあるような、ないようなものでしょうけれども」

と前置きして、男性の紋付き袴に準ずるとすると、昔どおりの紺やえび茶の袴に、無地に紋が入った着物がいちばんよいでしょう、ということである。ここで解説しますと、これは着物の中でかなり格が高いとされている色無地、それも地紋が浮き出ている生地（つまり、模様なしで生地の凝った着物のこと）に、さらに格を高くするために紋をつけた着物がいいでしょうということだ。私たちは昨年の卒業式での袴のスナップを目の前に置いていたが、どれもめまいがしそう。袴の上にとんでもない振袖や小紋を組み合わせている。

「振袖はヘンですよね」

「バランス的に重くなってしまいます」

　確かにそうだ。洋服の時はあんなにセンスがいい女の子たちが、着物となるとどうしてこんなにおかしなことをするんだろう。

「袴もね、今は紺やえび茶だけじゃ、どうも能がないという雰囲気になって、ぼかしや模様を入れてますよね」

「ぼかしは絶対にヘン。品がないですよね」

と私。

「ぼかしの袴は、これでいいんだというメーカーサイドの押しつけじゃないですか」

　江木さんがおっしゃるには、人気のある矢絣（やがすり）も本来なら普段着の柄、正式の時に着るものではないという。

「レンタル屋さんで、これがいいです、っていわれればそのまま着ちゃうんでしょうね」

　と江木さんもあきらめ顔である。

「だけどレンタル屋の女性の店員って、ほとんど何の知識もないと思いますよ。私の方がずっと知ってるぐらいだもの」

私が激すると、江木さんはまあまあと私を制した。

「だけど若い人にとっては、袴をつけるということはそれだけで十分ハレなんですから、ぼかしが入っていようと、ラメが入っていようと矢絣だろうと、それだけですごいことなんですよ。もうそういう時代なんでしょうね」

それでも私は食い下がった。百歩譲って、もう世の中がそういうものだと思うことにしよう。それでも最低限のルールといおうか、これはおかしい、守らなくてはいけないと思われることって何なんでしょう。

「やはり色のバランスでしょうね」

江木さんが指さしたのは、黒地に小花模様の小紋に明るいピンクの袴の写真である。

「こういうのはちぐはぐでしょう、見た感じが。袴がもう少し黒っぽい袴だったらまだそんなにおかしくないけれど、あんまりといえばあんまりですよね」

いっておくがそれはレンタル屋さんがコーディネートした写真である。

「下の袴に対してとってつけたような感じになってしまう。だから見ている人も違和感をもってしまうんです」

まず全体のトーンを合わせること、そして袴の長さは足首。足袋の上と皮膚が見えない位置にすること。それから足袋も自分の足に合ったものを履きましょう、と江木さんはおっしゃる。

足袋に関しては私もいろいろ失敗を重ねているが、先が余ったり、皺が寄ったりするのは本当にみっともない。袴はとても足袋が目立つから、一度水をとおして足に合わせることが必要だ。このくらいの手間を惜しんで、袴をはく資格はない。

「結局、袴を着ていちばん大切なことは、お利口そうに見えることですよね」

「そうです。きりっとした印象を与えるかどうかということが肝心です」

そうなんだ、袴は知的女性のシンボルであったのだ。ただ着慣れないものにはしゃいで、ぞろぞろ歩いているから、仮装行列に見えるんだ。

江木さんにいろいろお話をお聞きしてわかった。袴はとにかくシンプルにきりりと着る。ラメだ、ぼかしだ、模様だのと小細工はしない。とにかくきちっと着れば、このへんてこな行列の中で、とても目立って素敵に見えるということは間違いなしなのである。

どうかレンタル屋さんの言いなりにならず、自分の意思とセンスで選んでほしいと私は願うような気持ちになる。

# 扇子が流行るわけ

日本舞踊のお稽古に、ありったけの情熱をかたむけている、近頃の私である。

なにしろ来年の九月、国立大劇場で「藤娘」を踊ることに決まったのだ。内々のおさらい会とはいえないほどのスケールではないか。なにしろ勘九郎（かんくろう）さんとか玉三郎（たまさぶろう）さんも公演するあの舞台で、ちゃんと衣装をつけて踊るのだ。そしてちゃんと週に二回、踊りの先生のところへ出かける。扇を藤娘の笠に見立て、チチチリン、チチ、チリンと手をかざす私を想像していただきたい。

ところで踊るようになって初めてわかったのであるが、扇というのは実に消耗品なのだ。紐を扇の骨のところにかけ、藤笠の房のようにしているからすぐ駄目になる。

最近の扇子の人気というのはすごい。デパートの売り場にも若い女の子が詰めかけているし、先日出かけた浅草の仲見世にある専門店も人でいっぱいだった。ひと頃、扇子といえばおばさんの携帯品というイメージだったはずだ。扇子をバタバタあおったばかりに、クビになったどこかの航空会社の社長さんもいる。
が、茶の湯を習ったことがある人ならわかると思うが、扇子というものは実にさまざまな意味を持つものだ。茶席で自分の後ろに置けば、そこは極小の宇宙のような役目を果たす。ここから本人の空間が広がっていくわけだ。人にご挨拶する時には、必ず扇子を境界線に置き頭を下げる。立ってする時も同じだ。手をぶらぶらさせながら頭を下げるのと、扇子を軽く持ち掌の上にのせるのとでは優雅さがまるで違う。

などというようなことを、若い女の子たちが知っているとは思えない。それなのにどうしてこれほど扇子が流行るのであろうか。私と編集者はその謎を解くべく、人形町に出かけることにした。ここには有名な扇の専門店「京扇堂（きょうせんどう）」があるのだ。

さて、人形町へ行くというのは、それだけで胸がはずむ行為。T・CAT（東京シティエアターミナル）、ご存じ箱崎があるこの街は、昔ながらの下町の風情が残るところだ。水天宮さんのまわりの店も面白いし、甘酒横町といって甘酒を売る界隈もある。有名な人形焼きの店「重盛（しげもり）」には、今日も行列が出来ていた。その近くにある「京扇堂」は、ちょっと見過ごしてしまいそうな小さな店だ。けれどもウインドウにはとても趣味のいい扇子が飾ってある。古典的なものもあるし、私が旅行したばかりのスペインを彷彿させるようなものもある。とてもモダンな柄で、これならばバッグから取り出しても違和感がないだろう。

最近人気があるのは、骨のところが赤かピンクに塗ってあるものだそうだ。閉じていても綺麗に見えるということらしい。

「近頃のお嬢さんたちは、踊りに行く時にお持ちになるようで、こういう派手なものが好まれます」

と店員さんが言った。うーん、これは茶の精神に通じるものがあるのかもしれない。手をからだのどこに置くのか、どういう風に動かすかというのは大問題である。テレビ局の人から聞いた話であるが、新人の俳優というのは必ずそれで困惑してしまうようだ。まだどういうふうにしていいものかわからずもじもじしてしまう。そういう時はペンを持っていじる演技をさせるそうだ。扇子というのはそうした「所在ない」恐怖から人を救ってくれる。手に表情がつけられるのだ。

よく若い女の子の喫煙が取り沙汰されるが、あれも手がヒマなのが大きい。私もヘビィスモーカーだったからわかるのだが、宙ぶらりんの手というのはどうにも照れてしまうものだ。

扇子を持ち、いじったりかざしたりするのはもちろん煙草よりずっといい。健康的にもずっといい。

扇子はさまざまな説があるが、どうやら中国からのものではなく、日本独自の発明品らしい。一枚の絵を折り畳むことにより持ち運べるようにした。しかも涼をとる、飾りとする、貴重なものを載せる台代わりとする、という風に日本人の感性は、扇を特別な美術品としたのだ。私は当然、美術品クラスとはいかないが、踊りのための新しい扇を買うことにした（普通、踊りのためのものは扇子、というよりも扇ということの方が多い）。

ここはすべての流派が揃っているが、私が気に入ったのは、日本の昔からのマークをデザイン的にうまく処理したものだ。これは狂言に使うものだというが構やしない。絵がとても可愛いので、部屋に飾っておくことにしよう。

そして私の習っている藤間（ふじま）流の扇も買った。なんと一万七千円もする立派なやつだ。もしかすると名取級の人たちが使うものかもしれないが、知らなかったことにして使ってしまおう。こんな綺麗な扇子は飾っておくだけではもったいない。

# 藤娘を踊る

少女の頃から、いわゆる芸道小説が大好きであった。ヒロインたちが精進を重ね、やがて踊りや三味線の道を極めていく。そしてその間繰り広げられる複雑な人間関係と恋。おそらく私が根性や努力というものからほど遠い人間だからに違いないが、どの小説も面白く、有吉佐和子（ありよしさわこ）さん、ひいては宮尾登美子（みやおとみこ）さんのお書きになったものをむさぼるように読んだものである。

三年ほど前、友人に日本舞踊を習わないかと誘われた。忙しいから無理だと即座に断ると、忙しい女性のために夜の十時からお稽古をつけてくれる先生がいるという、その先生の美しいこと、優雅なことはため息が出るようで、

「着物の着方を見ているだけでも勉強になるから」

という言葉にふと心を動かされた。その頃から私は着物を買いまくっていたのであるが、身のこなしからしてがさつこの上なく、人々の失笑を買っていたからであ

る。運動不足も解消されるし、大変な汗をかくからダイエットにもなると、友人はしつこいほど私を誘う。どうやら彼女もひとりで習うことが不安で、仲間が欲しかったらしい。

かくして私の日本舞踊修業が始まったのであるが、最初はそれこそ恥のかきどおしであった。何しろ運動神経がまるでないうえに、体重も増加の一途を辿っている。しゃがんでまた立ち上がるということが全く出来ないのだ。噂以上に美人の先生は困ったように笑われ、

「まあ、そのうちおいおいとね」

とおっしゃった。しかしその〝おいおい〟が一向にやってこないのだ。よく「腰を落としなさい」と注意されたが、それがどういうことかもわからない。

「椅子があるものと思って腰を落としていく。簡単なことよ」

と言われても猫背に前かがみになるだけだ。ときどき窓ガラスに映ったおのれの姿を見ると、あまりの不ざまさに自己嫌悪に陥ってしまう。たび重なる夜の外出に夫からも文句を言われ、何度もやめようと思ったのだが、そのたびに仲間からの叱責がとんだ。女が一度やり始めたことを中断するのは最低というのだ。

いつのまにか夜のその時間帯はキャリアウーマンたちが占めるようになり、漫画

家、会社経営者、弁護士といった女性たちが私のお稽古仲間となった。皆昼間はそれこそ十分刻みのスケジュールに追われる人たちである。その女性たちが着物に着替え、深夜まで踊っている光景はなかなか感動的といってもいい。彼女たちに励まされ、お稽古場に通ううち、するりと立ち上がれるようになり、腰もなんとか入るようになった。この年になっても訓練次第で人間は進歩するものだということがしみじみとわかる。着物を着てもずっと自然に振るまうことが出来るようになったのも嬉しい効果であった。

それまでもよく歌舞伎を観ていたが、長唄や常磐津の言葉もいつしか理解出来ていく。これに自信をつけ、私は物書きなので、踊りの歌詞を自分なりに解釈することにした。例えば私は「藤娘」を近々発表会で踊ることになっているが、最後の方でこんな一節がある。

「松を植よなら有馬の里に植えしゃんせ　いついつまでも　変わらぬ契り、かい取り褄で、よれつもつれつ、まだ夜が明けぬ　宵寝枕の、まだ寝が足らぬ」

踊りはリズミカルな手踊りで、人々を呼び込むような振りから始まる。もの覚えの異常に悪い私は、振りを覚えるのに非常に苦労したのであるが、何のことはない、自分なりに物語をつくればよいのだ。職業上たやすく出来る。

「有馬の農村にお嫁さんがやってきて、昔どおりのにぎやかな婚礼があった。白むくのお嫁さんはとてもキレイ。そしてその夜から若夫婦はそればっかりしていて夕方から床を敷く。なのに寝不足で朝はなかなか起きることが出来ないってことね。なるほど、ふんふん」

などとやっているので、若いお弟子さんなどは、

「わー、イヤらしい」

と悲鳴をあげる。が、日本舞踊というのはそもそも相当イヤらしいものではないだろうか。「よれつもつれつ」という箇所では、両手の人指し指を二本立てそれを上下させる、男女の営みをはっきりと現しているのだ。

そういえば、紀宮（のりのみや）内親王が日本舞踊を習っていると聞いて、ああいう高貴な方がいいのかしらと言った人がいた。習ってみてつくづくわかったが、日本舞踊は男女の情事をテーマにしたものがとても多い。

つい先日のこと、京都のお茶屋さんで遊ぶ機会があった。若い芸妓さんが井上流の「黒髪」を踊ったが、どぎまぎするほど妖艶であった。横座りになったたまぐるりと回る。体をくねらせこちらを見る。どれも体の線がはっきりとわかる姿勢なのである。ひょっとしたらこうした座敷の舞いは、女の体を品定めさせるためにあっ

たのではないかと思われるほどだ。今までだったらきっと持たない感想を私は持つ。

九月にはいよいよ国立大劇場で「藤娘」を踊ることになっているが、その後もお稽古は続けよう。もしかすると十年後、憧れの芸道小説に挑戦出来るかもしれぬ。

## 藤娘舞台秘話

私の〝和〟の興味は、ついにいきつくところまでいった。着物、茶の湯ときて、そして次に私がめざしたのは日本舞踊である。

今まで何をやっても長続きしなかった私であるが、この趣味だけはなんと二年半も続いたのだ。さぼりがちの時もあったが、週に二回、忙しい時間をやりくりしてお稽古へ出かけた。我ながら本当にエラかったと思う。

それではなぜ、私は日本舞踊に夢中になったのであろうか。
①踊りの先生が美しくて品があってとても素敵。日本舞踊をずうっとやっていたら、もしかしたらあんなふうになれるかもしれないという錯覚。
②踊りのお稽古仲間が出来て、そのつき合いがやたら楽しかった。
③姿勢がよくなり、がさつなところが少しマシになったと言われたこと。
④お稽古に来ているのは、お金持ちの奥さんやお嬢さん、それと芸者さんに歌舞伎

の御曹司、普通だったら会えないような人たちと仲よくなったこと。
などが原因としてあげられよう。
習い始めた当初は、浴衣を着て座り、そのまま立ち上がることさえ出来なかった私であるが、今はさまの〝さ〟の字ぐらいにはなる。

目の前で見ている人が、吹き出さないぐらいにはなった。

一年かけて練習した「藤娘」の振りもすべて憶え、いよいよ発表会である。会場はなんと国立劇場の大劇場の方。これを言うとたいていの人がウソーッと驚く。

「小劇場の方だってすごいのに、国立の大劇場なんて……」

しかし私はもう既に二百五十枚の切符をばらまいている。二割欠席するとしても、二百人は来る勘定だ。この他にもお稽古仲間の池田理代子さん、奥谷禮子さん、花井幸子さんといった人たちも、それぞれすごい人数の知人が押しかけるほどだ。おそらくその日の国立劇場は玉三郎、勘九郎共演もかくやと思われるほどの大入り大盛況になるはずである。

口が悪い友人に言わせると、

「あなたたちの場合は、ほとんど学芸会のノリね」

冗談ではない。私たちが習っているのは、数ある流派の中でも華やかでかつ格調高い藤間流、しかも私たちの先生は藤間流一門の中でも、一、二を争う名手なのだ。本格的といおうか、正統といおうか、とにかくきちんとした発表会なのである。

さて小心な私は、一睡も出来ないまま朝を迎え、着物に着替えた。私の出番は午後の四時からであるが、それまでワンピースを着てゴロゴロしていようなどという人は、日本舞踊を習う資格はない。きちんと訪問着を着て威儀を正し、劇場入りするのが習わしである。私は日本のお稽古ごとのこういうスクエアなところが大好きである。などとエラそうなことを言いながら、先生へのご挨拶が終わった後は、ただちに浴衣に着替える私である。

本番までちょっとひと眠りしようかしらん。

が、私のその考えはすぐに打ち砕かれる。本番前がこれほど忙しいものだとは誰も私に教えてくれなかった。お弁当屋さんがダンボールに入れたお鮨（すし）を運んでくる。ワインが、手拭いが届けられる。皆で手分けをして袋詰めをした。二百個をつくり終える頃には、疲れ果ててへとへとである。

皆さんもご存じのように、日本舞踊の発表会に手拭いとお弁当はつきものだ。プロの上手な方ならともかく、私のようなヘタな踊りに半日つき合わなくてはならない。もちろん切符もタダで差し上げ、お弁当と記念品をおつけする。来てくださっ

たお礼を、せめて品物で表すのである。が、私の夫は、

「こんな弁当と手拭いぐらいで君の踊りを見せられるなんてたまらんなァ」

などと憎たらしいことを言う。

さて二時間前、記念品の紙袋を持って先輩や鳴物の方々に挨拶をする。私らの先生の力により、長唄やお三味線といった方々も超一流が揃っているのだ。私の踊りを見て、怒り出すようなことはないだろうと思うが、ちょっと不安だ。

この後、いよいよお化粧に入る。首のずっと下まで白塗りをして、太い目張りを入れる。私は典型的なタヌキ顔であるからして、白塗りをするとぷっと吹き出したいような感じになる。が、日本舞踊を習っているような人はみな優しく、誉めるのがうまい。

「ハヤシさんは顔の造作が大きいから、すごく化粧映えするわ」

などと口々に言ってくれるのであるが、にわかには信じられない。美人は白塗りしてもやっぱり美人だ。芸大でお三味線を勉強している銀座のお嬢さん方は姉妹で「二人道成寺」を踊られた。子どもの時から日本舞踊を習っている二人は非常に踊りがうまいが、その美しさといったらない。白く塗って衣装をつけた二人を見て、手伝いにきてくれた私の友人が、

「人形ケースから抜け出してきたみたい」

と興奮していた。

本来ならこういう方々で構成される発表会であるが、今年は私のようなキワモノが混じり本当に申しわけないことであった。が、キワモノはキワモノで動員力はかなりのものがあった。テレビ局のカメラマンや写真雑誌の記者たちもいた。何と国立大劇場は三階までぎっしり人で埋まったそうである。

さて本番前お化粧をした私は、今度は衣装さんのところへ行く。「藤娘」は三枚重ねの豪華な衣装である。なにしろこれが着たいがために「藤娘」の演目を選んだのであるが、刺繡がぎっしりほどこされ、その重たいことといったらない。おまけに厚い、幅五十センチはあろうかと思われるほどの帯をつけるのである。

舞台で私が何度かよろけたら、かなり大きなくすくす笑いが起こったが、それならあんた、やってみればと私は言いたい！　これだけ重たい着物とカツラをつけ、普通だったら立っているのがやっとなのよ。それを私は踊ってるのよ。なのに笑うなんてひどいわ、ひどいわ……。

まあ、怒りはともかくとして、「藤娘」は衣装もさることながら、その舞台の華やかさでも知られている。大舞台の右側、緋毛氈（ひもうせん）の上に鳴物の方々がずらり並び、そして真ん中にどっさりの藤の房。ここの真下に笠をかぶり、藤の枝を持った娘が立っている。

〽若紫の十返り(とがえ)の――

の唄が入り、最初真っ暗だったのがパッと灯りがつく。すごいどよめきと拍手。そりゃあそうよねぇ、学芸会のノリでやってきた私の観客たちだが、こんなに立派な舞台だとは思ってなかったのではなかろうか。

「一生に一度でいいから、あんなところで踊ってみたい。さぞかし気持ちがいいでしょうねぇ」

と多くの友人から言われた。そしてまたその人たちが異口同音に口にしたことは、

「日本舞踊の発表会が、あんなに面白いものだと思ってみなかった」

ということである。着物を着た女の人たちが優雅にいきかう劇場は、彼らにとって全くの異次元の世界だったようである。まわりの人を見ているだけで面白いし、さぞかし退屈すると思っていたのに、踊りもどんどん魅き込まれていくワ、と皆が言う。ハヤシさんの前に踊ったのは、新之助(しんのすけ)じゃない。団十郎(だんじゅうろう)の息子の新之助を観ることが出来て、それだけでもヨカッタ、ヨカッタ……。

私の踊り仲間たちもその日は大健闘を見せた。習い始めて日も浅いのに、花井幸

子さんは「東都獅子」を堂々と踊り、奥谷禮子さんの「お七」は人形振りが大喝采だ。今度が名取披露の池田理代子さんは「鷺娘」をドラマティックに踊り、これはもう貫禄というものであった。

池田さんも私と同じように大人になってから日本舞踊を習い始めたのに、七年で名取りをとられた。努力すればきっと出来るのだと私は勇気づけられる。

ところでテレビや雑誌の写真を観て、私のまわりの人たちは怒っている。

「本物のハヤシさんはすっごく可愛かったのに……。何だかあれじゃ可哀相」

そう、舞台には舞台のサイズと装いがあるのだ。それをアップで見せるなんてひどいじゃないか。と私はまた日本舞踊からほど遠いはしたない怒声をあげるのであった。

# お嬢さまのお宅拝見

お稽古ごとをしていて楽しいのは、全く違う世界の人たちと友だちになれるということであろうか。

私が通う踊りの先生のところには、いろんな人がやってくる。赤坂の芸者さんもいるし、歌舞伎役者の御曹司もお稽古に来る。中でもひときわ目立つのは大野さんのところの美人姉妹だ。

私はつくづく思うのであるが、お金がうんとあるうえに、美しい娘を持ったら、どれほど毎日が楽しいだろうか。とっかえひっかえかわいいお洋服や着物を着せ、いろんな習いごとをさせる。まわりの人々がうっとりと眺めるのを見て、親はまた楽しい気分になる……。

大野さんのお嬢さん二人は、まさにこのように育てられたようだ。お姉さんの恵さんはこのほどミセスになられたが、妹の有里さんは芳紀二十歳。全く芳紀という古めかしい表現がぴったりの綺麗なお嬢さんだ。踊りの発表会の際、有里さんがそりゃあ見事な振袖をまとい、お母さまに連れられて挨拶をしているのを見たことがある。そのたびに日本趣味に育てられたお嬢さまはなんて素敵なんだろうと思っていた。

銀座生まれの銀座育ち。芸ごとの好きなお祖母さまやお母さまの影響で六歳から踊りやお三味線を習っていたそうだ。今は芸大の邦楽科に通っている。もちろん自分で着物をちゃんと着られ、ごく自然に正座が出来る。これは出来そうでなかなか出来ないことだ。私の親戚のコや知り合いの女子大生たちは、着物は成人式以来袖を通したことがないし、ものの五分も正座をしていられない。

「こんな絵に描いたようなお嬢さまって、本当にいるんだわ」

私はいつもお稽古で会う有里さんに興味シンシンであった。箱入り娘という言い方は失礼にならないと思うが、有里さんにはいつもお母さまが付き添ってくる。BMWを運転なさって送り迎えしているのだ。そして集まりがある時には、お母さまにお祖母さまが加わる。このお祖母さまというのが、どう見ても母親にしか見えない若さなのだ。

お祖母さま、お母さま、お姉さん、有里さんと三代並ぶとまさに壮観で、まわり

の人たちもよく、

「本当に美形の血筋よね」

とささやき合っている。

こうしているうちに、私はどうしても有里さんのうちに遊びに行きたくなった。なんでも銀座の真ん中に住んでいらっしゃるそうだが、いったいどんな風になっているんだろう。お祖母さまからお母さまへ伝わってきた着物もぜひ見てみたい。

「そうおっしゃっても、うちなんか狭いからとてもとても……」

お母さまと有里さんは何度も拒否されたのであるが、かなり強引に取材させていただくことにした。

大野屋は代々厨房関係の設計、施工の会社を経営していらして、本社は築地にあるそうだ。発送業務のために銀座にもビルがあり、有里さんはその最上階に住んでいらした。エレベーターであがり、扉を開けて階段をあがると、粋な格子の玄関がある。応接間、日本間と続く部屋は、とてもビルの中とは思えない静かさだ。有名な美術商のところからお嫁にいらしたお母さまの関係で、家の中は江戸時代の簪や壺がさりげなく飾ってある。

「そんなことより、ハヤシさんにお雛さまを見ていただきたかったわ」

声も若々しいお祖母さま。

「そりゃ見事なお雛さまなんですよ。お道具がすごいの。貝桶の中には、小さな貝合わせがあるし、絵草子も一ページ一ページちゃんと描いてあるんです」

なんでもひなまつりの時は、小さなパーティーを開くそうだ。しずしずとお茶を持っていらした有里さんは、お稽古の時とはまた違う愛らしさ。なんともいえない赤の帯を締めている。私の視線に気づいたのか、お祖母さまが説明を始めた。

「これは戦後、宮さまのところから出た小袿（宮中の女官の衣装）を、帯に直したものなんですよ」

こうなってくると着物に目のない私は、いろんな衣装を見せてもらいたくなってくる。

そして次々と広げた振袖の素晴らしかったこと。刺繡は細かく見事なものだし、絞りはこれ以上出来ないほど巧緻になっている。

「この振袖は、この子（有里さん）の母親が二十歳の時につくったものです」

とお祖母さま。ご主人が亡くなってからずっと娘夫婦と一緒に暮らしていらっしゃるわけだが、娘さん、つまり有里さんのお母さまも、若い時から大変な着道楽で、しかも踊りを習っていらしたそうだ。そのせいか華やかなものが多い。

「呉服屋が、もう何百万積んでもこんな仕事は出来ませんよ、って舌をまいて帰っていきます」

と手にとった大振袖のすごいことといったら、もう美術品の領域である。幼い頃は、おそらくママやお祖母ちゃまの〝着せ替え人形〟だったろう有里さんだが、この頃は自分の意志で着物を着たいと思っているそうだ。

全く有里さんのようなお嬢さんに育てるには大変な労力と時間がいることだろう。お祖母ちゃまから脈々と流れている血が、うまく結晶するとは限らない。細心の注意をはらってこそ、皆がうっとりするような女の子が出来るのだ。

「この子の父親は、夜遅く帰ってくると居間から三味線の音がする、まるでお茶屋へ行ったみたいだと喜んでいるんですよ」

いい話だなァ、なんてお父さまは幸せなんだろう。私も浴衣と日本舞踊の振りで、夫を出迎えよう。彼がとても喜ぶとは思えないけれど……。

## フォームをつくる

人間生きていれば排泄もあれば体臭もある。呼吸をしている限り、この世の中に汚れたものを撒き散らしているのだ。それは人間関係と置き替えてもよい。マザー・テレサのような聖職者ならともかく、我々は他人に悲しみやつらさ、口惜しさを知らず知らずのうちに与えているのである。

もちろん、家族や知人に分け与えている幸福や善意というものもある。しかし他のいけすかない連中に向ける悪意を考えれば、たいていプラスマイナス0ということであろう。

結局、見事に美しく生きて、他者を感動させる人間などというものはめったにいないのだ。そう考えると気分はぐっとらくになる。

せめて周囲の人たちから嫌われない程度に生き、通りすがりの人々に不快感を与えなければよいのではないか。私はそのためにフォームというものは非常に大切なものだと思っている。

この国はいつの頃からか知らないが、私がもの心ついた時から、「外側より中身が大切」という思想がはびこっていた。そう言うわりにはたいした中身を獲得出来たわけではないのだが、ともかく型ということを忌み嫌った。そうすることが進歩だと教え込まれて私たち世代は育った。

学生時代の自分を考えると、今でも顔が赤くなる。若さという傲慢がなせることであろうが、汚ならしいジーパンをはいて、煙草と酒を手放せなかった日々。まあ、それはそれでよい。たいていの十代が、そんな風に不貞腐れて生きていた時でもあった。

しかし私の恥ずかしいところは、その後もかなり長い間、薄汚なく社会の片隅で肩肘張っていたことである。アウトローの美学も意地もなく、あるのはただマスコミ人間独得の臭みだけであった。

せめて見苦しくないぐらいのものを身につけたいと考え始めたのは、つい最近のことである。お茶は挫折したが、日本舞踊は性に合ったらしく五年間続けている。二年たった頃から、姿勢が違って来始めたと人から指摘された。

それまで私は大柄なこともあって、猫背で歩いていたものだ。人と写真を撮っても、私だけが決まらない。だらりと肩が崩れている。ところがさんざん〝型〟というものを習うと、まず背筋が伸び、歩き方が軽快になる。ものを取る時でも、今までのように、がさつに手を出すようなことがなくなった。以前と比べての話であるが、エレガントの切れっ端のようなものが何とはなしに身につくようになったのである。

自慢話をしているのではない。きちんとしたフォームで、立つ、歩く、食べるということに、やっとこの年で目覚めたのだ。そしてそれがいかに大切かということもわかった。

よくテレビを見ていると、若いタレントさんばかりでなく、食通と称するような大人が、信じられないような箸の使い方をしている。背を丸めて、汚ならしく咀嚼している。いくらその人が素晴らしい業績を上げ、いい仕事をしていようとも、「美しく生きる」ということからはほど遠い。

まずフォームをつくる。そしてそれを得るためには努力をしなくてはならない。学歴といったものとはかなり違う努力である。が、この努力は自己肯定へつながり、やがてつくり得たフォームによる、他人からの賞賛は自信をつくり出してくれる。フォームというものは、自分の吐く息がわずかでもかぐわしいようにという心遣いでもある。それが出来る人間とそうでない人では、自分に関してやがて大変な差が出てくるはずだと私は信じたい。

# 歌舞伎鑑賞はごほうび

この四年ぐらいの間に、日本の古いものが好きで好きでたまらなくなってきた。それまでは何の興味も持たず、それどころか内心「おばん趣味」と鼻白んでいたこの私が、茶の湯、日舞を習い、歌舞伎、着物に夢中になっている。

聞くところによると、なんでも最近、若い人たちの間で、ジャパネスクが人気を持ち始めているという。

「やっぱり私って、ちゃんとトレンディ先取りしてるのよね」

さんざんまわりに自慢したけれど、どう考えてみても日本に古くからあるものの面白さというのは、トレンディとか流行りものというものを超越している。知れば知るほど奥が深く、そして掛け算のように、さまざまな楽しみが生まれてくるのだ。

たとえば昨日、私は京都から帰ってきたばかりであるが、着物や踊りに関心のなかった頃、あの街はちょっとおいしいものを食べに行くところ、という認識しかなかった。ところが今は三か月にいっぺんは無理をしても行きたい場所だ。この二、三年、京都はおそろしく変貌をとげたといっても、まだまだ昔からのものが残っている。私は馴染みの呉服屋さんで着物を見、それから帯〆や帯揚げといった小物を揃える。時間があったら南座をのぞいて歌舞伎を見、幸運にもお金持ちの知り合いが誘ってくれたら、夜はお茶屋さんに上がる。そして舞妓さんや芸妓さんの舞いにうっとりする（といっても、この幸運はまだ三回しかないが）。

お芝居や着物のことを考える心ははんなりとして、とにかくとても幸福な気分になる。着付けを習いたいという女の子の動機は、小紋か何かで歌舞伎見物をしたいということらしいが、その気持ち、すごくよくわかる。私もそこからスタートしているのだから。

しかし歌舞伎座へ着物で行くというのは、とても勇気がいるよ。セーターで来ているおばさんたちの団体にぶつかることも多いが、基本的にあの劇場は、着物のプロフェッショナルたちの花道だ。憧れの梨園（りえん）の奥さんたちをはじめ、粋筋のお姐（ねえ）さんたち、そしてお金持ちそうな初老の女性たちが、それぞれに素敵にお召し物を着こなしている。

そこへ私らシロートが行くわけであるから、当然冷ややかな視線を受けます。

「なァに、あの帯の合わせ方」

「しぐさがなってないわ」

陰でナンカ言われようと、とにかく頑張るしかないのだ。

それに今日は、私には藤太郎先生という強い味方がいる。先生は私の日舞のお師匠さんだ。〝藤太郎〟というのは、藤間流の中でもとても重い名で、本来なら私なんかが教えてもらえる方ではないのだが、ある方の紹介で、弟子に加えていただいている。

私も習い始めてわかったのであるが、今の歌舞伎の踊りは、藤間の振付が多い。だから勘九郎さんの「鏡獅子」も、玉三郎さんの「道成寺」も、みいんな私の習っている踊りと振りがほぼ同じなのだ。もっとも芸の力というものは怖しく、私らとあの方たちとが同じものを踊っているとは誰も思ってくれないだろうが、こちらとしては、

「あ、そうそう、ここで右手を出して」

と頷くことが出来る。全く踊りを習ってからというもの、歌舞伎を見る楽しさが数倍になった。みんな藤太郎先生のご指導のおかげだ。忙しい私たちに合わせて、夜の十時からお稽古を始めてくれるんだもの。本当に有難い。

この藤太郎先生がこの頃「課外授業」ということで、私たちを歌舞伎座に引率してくださる。歌舞伎の役者さんも何人か教えている先生は、もう歌舞伎座では顔。いろんな方に挨拶したり、楽屋へ行ったりとお忙しいのに、私ら弟子もちゃんと連れていってくださるのだ。

女性経営者として有名な奥谷禮子さんは私の着物の指南役でもある。芦屋のお嬢に育った彼女は、お嫁に行く時、お母さんが百枚近い着物を持たせてくれたそうだ。だが離婚してしまったので、もったいないことに着物は長いことタンスに眠っていた。いまそうした着物を取り出し、彼女は日舞のお稽古着にしている。そのたんびに、しつけ糸をピッと抜きながら、

「これも派手になっちゃったわ」

なんて言っているが、それもなかなかの風情だ。

この日は正月の初芝居ということで着物姿が多かった。普段の芝居見物は小紋か付け下げぐらいでいいんじゃないだろうか。

さて今日の私たちのおめあては、菊五郎（きくごろう）さんの「道成寺」。坊さんがいっぱい出てきて、おかしなことを言い、白拍子が踊り、最後に巨大な鐘がドーンと出てくるというアレだ。このパートである「新鹿の子」という踊りを奥谷さんは習っている

最中だ。

「自分のやってるのと、どれほど違うか、よく見ときなさいよ」

とささやいたら、

「余計なお世話」

と叱られてしまった。

歌舞伎の夜の部がはねると、もう十時近い。銀座のレストランはどこも閉まっているので、銀座東急ホテルで軽い夜食をとる。さっき見た役者さんのことをあれこれお喋りしながらお茶を飲むというのは、これまた芝居の醍醐味だ。それに私たちには藤太郎先生という〝関係者〟がいる。

「菊五郎さんって、目つきが色っぽいの」

「あの振りを、こういうふうに変えてたけど新趣向かしら」

本当にこの楽しさったら……。しかし私はつくづく思うのであるが、私たちが単なる主婦や家事手伝いだったら、これと同量の快楽を得ることが出来ただろうか。時間がたっぷりあって、いつでもお芝居に行ける身分だったらこんなに楽しいはずはない。普段は必死で目を吊り上げて働き、月に一度だけ優雅なひとときをすごす。ごほうびだからこんなに楽しいんだ。

# 夏の暑さには怪談

私がとても気に入っているCMがある。和久井映見ちゃんが友人とみんなで、お化け屋敷に出かけるCMだ。

お化け傘が出てくるたびにキャー、お墓が揺れるたびにキャー、あれはまさしく夏の風物詩というものである。私が子どもの頃は町内主催の肝だめし大会というものがあった。青年団の有志がいろんな扮装をして、見物人を脅かすというものである。デパートや遊園地もよくお化け屋敷というものを開いていた。

ひと昔前の夏というのは、今とは比較にならないぐらい暑かったものだ。クーラーを入れている家は少なかったし、せいぜいが応接間ぐらい。なにしろ風の吹き出し目のところに、赤や青の透きとおるリボンをつけ、そのなびくさまを見て有難がっているというぐらいだったのだから。そういう時人々は、視覚から涼を取り入れることに努力した。簾にうちわ、そうそう、夏ござなんていうものもあったな。井戸で冷やしたスイカ、サイダー、なんていうものを思い出せるのも、私たちの世代が最後かもしれない。

全くクーラーを今のようにじゃんじゃか使えなかった頃の人たちは、いろんなことを考えた。涼しさを視覚からも、そして心理面からも取り入れようとしたのである。だから怪談もいろいろつくられた。よく言われることであるが、西洋のお化けたちが、〝ポルターガイスト〟やゾンビなど陽性で騒々しいのに較べ、日本のお化けたちはひたすら「恨み」の世界である。これは仏教の世界と無関係ではない。勧善懲悪の世界と結びついて、日本のお化けは悪いことをした人間に襲いかかってくるのだ。

その代表的なものがお岩さんであろう。お岩さんは日本のお化けの代名詞、あらゆる恨み、あらゆる怨嗟（えんさ）の凝縮したものといってもいい。しかしながら、この「東海道四谷怪談」のちゃんとしたストーリーを知っている人が何人いるだろうか。

「夫に毒薬を飲まされて、顔がめちゃくちゃになって、それから髪がずるずる抜ける。最後は死んじゃって化けて出てくるんでしょう」

といった程度の知識のはずだ。実は私もその一人であった。そういえば何度かテレビドラマでやったような気がするがちゃんと見ていない。

さて初夏のある日、歌舞伎座で「東海道四谷怪談」を通しで上演することになり、さっそく見に行く。夏の着物で、といいたいところであるが、外は生憎と梅雨がまだ続いている。全く最近の私ときたらやたら着物を買い込んでいるが、雨が降ると二の足を踏む。このような心がけではとても着物に慣れるところまでいかない。が、劇場もいつもよりずっと着物姿の人が少ないようだ。季節が季節なのと、やはり「四谷怪談」だとおしゃれをする気がちょっぴり減少するかもしれぬ。これが「道成寺」「鏡獅子」とか「助六」なら全く違うはずだ。通しで「四谷怪談」とくると、緊張感もあるし、それなりの気構えも必要だ。着物まで手がまわらないのかもしれない。

お岩さんはこの頃めっきり大物の風格が出てきた勘九郎さん。この役のためにダイエットされたそうで、すっきり痩せて綺麗。やはり「哀しい」とか「あわれさ」という感情を呼び起こすためにも、女は痩せてなくてはいけないと深くうなだれた。伊右衛門は幸四郎さん、お岩さんの夫役だ。私はちゃんとした四谷怪談を見るのは初めてであるから、いろいろ発見することが多い。これは横糸として因果応報幽霊話であるが、縦糸に忠臣蔵の物語が入っている。つまり伊右衛門は赤穂浪士で、そのあたりの事情もかなり彩りを添えている。

またさらに大きな発見は、毒薬を飲ませたのは伊右衛門ではないということ。お金持ちの隣家のひとり娘お梅（あとでお岩さんに、首をはねられる）が、伊右衛門にひと目惚れ、あの方と一緒になれなければ死ぬと駄々をこねる。他の芝居でもよく出てくるが、この時代のおぼこ娘の一途さ、男への狂い方のすさまじさというのは、かなりのものだ。現代でもよその亭主を好きになる若い女というのは多いが、一応は自分の魅力で勝負しようと努力するだけエラい。このお梅さんのちょっとえげつないところは、お金持ちで権力者のお祖父ちゃんや、乳母に訴えたことだろう。

お祖父ちゃんと乳母はさまざまな悪だくみを図る。伊右衛門をこっちに向かせるため、うちの裕福さを見せつけるのはもちろん、美人の妻お岩さんの顔をめちゃくちゃにしようとするのだ。そしてお見舞いに行き「産後に効く血の道の薬」と偽って、毒薬をお岩さんに渡す。

毒薬を渡したのは夫というイメージが深く刻まれていたのだが実は違っていたというのは驚きだ。作家として言わせてもらうと、伊右衛門はそこまではワルではなかった、妻を殺そうとまで考えていなかったというところにさらに深い恐ろしさがある。つまり男の弱さと甘さ、一方ではお岩の怒りや恨みに加え、嫉妬というものも大きな要素を占めているとわかるからだ。

しかしそれにしても四谷怪談は本当におっかないお芝居だった。壁から抜け出るシーンや、戸板に乗って流れてくるところでは決して誇張ではなく背筋が寒くなった。外国のホラーやサスペンス映画が大好きな私であるが、和モノの四谷怪談の方がずっとずっとおっかないぞ。

暗いシーンもそりゃ震え上がるが、舞台がある時突然異様に明るくなる時がある。そして極彩色の衣装をまとった役者が、無表情に音をたてず見栄を切る。この恐ろしさはまさに天才作者南北(なんぼく)の世界だ。和モノホラーの恐怖というのはかなり高度なものだということを実感した。

終わった後は、寒気のあまり思わず熱いうどんを食べた私である。

# 心の贅沢を味わう女になる

# 小笠原流のお正月

お正月というのは、日本文化の集大成ともいえる日ではないかと前から思っていた。食べること、着ること、挨拶することさえ、一定のセレモニーに基づいてなされるのである。そりゃあ、最近は正月といっても、スキーに行ったり、寝ころがったままテレビを見るだけの輩も多いことであろう。けれども胸をよぎる一抹の心の咎め、

「私ってキチンとしてないんじゃないかしら」

それこそ日本の正月というものである。そのうえいくらセレモニー無視といっても、自宅にいればお餅をそなえるであろうし、おせち料理を口にするであろう。テレビをつければ、普段はきてれつな格好でぴいぴい騒いでいるタレントさんも神妙に着物を着ている。誰しもが、

「おめでとうございます」

と叫ぶ。いくら抵抗しても、人は正月の空気から逃れることは出来ないのだ。それならばきちんとした正式のお正月セレモニーを学ぼうというのが今回の趣旨である。どうせなら徹底的にやろうということで、小笠原（おがさわら）流宗家に教えを乞うことにした。

「私のお辞儀は小笠原流ですの」

などとよくギャグの譬えに使われるほどの小笠原流は、日本の礼儀作法の総本山である。当然緊張する、が、家元ということになるご宗家は、やさしくこちらを迎えてくださった。

「礼儀で大切なことは、相手をリラックスさせることですからね」

とおっしゃる。もちろん品のいい毅然とした方なのであるが、どことなく洒脱な江戸前気質が漂う。お話になる言葉もきっぱりとした東京弁である。まず書斎に通され、二人で折紙をした。折紙といっても奉書を使って、お正月用のお年玉袋をつくるのだ。鶴を折る要領でやるのであるが、これが全くうまくいかない。私の奉書は何度もやり直した結果、薄ねずみ色によれよれになってしまい、これには宗家も呆れられていた。しかしそれにしても宗家の折られたお年玉袋の可愛いこと。市販のものよりずっと気がきいている。

そしていよいよ大広間で、正真正銘、日本の超正統派お正月の飾りものを見せていただく。お米を盛った三方の上には、長寿を祝うスルメ、勝栗、だいだいなどが置かれている。

「これって雅子さまの納采の時のものと似ていますね」

「あちらは神道ですが、どこか似ているかもしれません」

「あの、この勝栗っていうのは、冬に無い時は甘栗を使ってもいいんですか」

この私のくだらない質問にまわりはしいんとなる。けれども同行した若い女性編集者はもっとすごいことを口にするではないか。

「あら、これってネーブルですね」

「ネーブルのはずないじゃない。だいだいっていって、日本古来の果実よッ」

私は怒鳴ったのであるが、師範の一人はそうですとおっしゃる。

「ない場合はネーブルがいちばんかたちが似ているんです」

これには私も驚いた。やがて宗家自らが酌いでくださるお屠蘇。身体がひき締まるような思いがしてなかなかいいものである。宗家もおっしゃっていたが、正月は一年の最初のけじめである。やはり家中きちんと身を整え、こうしたけじめをつけることは大切なことだ。それに手伝ってくださる女性たちの動きの美しいこと。すべてに無駄がなく、指の一本一本に神経がゆきとどいているという感じである。

小笠原流というのは決して窮屈なものではない。美しく自然にふるまうことだと私は思った。しかし思ったのと、体がそのようにふるまえるのとは全く別のことだ。

私はやがて足がしびれてきてもう倒れそう。しかし途中でやめるわけにはいかない。この厳粛な空気の中、足を崩したりしたら末代までの恥である。しかも今日のために用意されたおせち料理がもうじき開かれるのだ。

「わあーっ、おいしそうですね」

女性編集者がはしたないといおうか無邪気な大声をあげる。

「さあ、ハヤシさん召し上がれ」

師範の女性がお皿に盛ってくださるのであるが、こりゃあまずいぞ、皆さんも知ってのとおり、日本料理を食べるというのはいちばんお里が知れるのだ。この頃はお見合いの時も、フランス料理や中華で、出来るだけ和食にしないということだ。箸の持ち方も知らない若い女性が増えているということは、全く残念なことだ。私は箸ぐらいは持てますが、小笠原流宗家の前でカマボコを嚙む勇気はない。もじもじしていたら、宗家がとっさに両手で自分のおめめを隠された。

「このあいだもある人に言われたが、私は日本中でいちばん食事を一緒にしたくない人間なんだそうだ」

　こうしておどけた動作で、私が食べやすくしてくださったわけだ。小笠原流というのはなんてやさしくフレキシブルなんだろうか。

　こうして私は一足早くお正月を味わったが、こうした行事はやはりオーソドックスにすると格別な味わいがある。でれでれと紅白を見るのもいいし、彼と初詣に行くのもいいが、元旦にぴしっと和服で決める。ちゃんとしたセレモニーをするというのは、本当に新鮮な楽しさがある。

「いま古風なことが新しい」

　という私のテーマは、これで証明されたようなものだ。が、お座敷を出る時の私の足のしびれは限界に達し、お尻からそろそろと這うようにして廊下に出た。振り向くと皆さんが後ろにいて笑っていらした。が、こうした恥と試練をのり越えてこそ礼儀というものにたどりつくのだと私は思った。今度のお正月はきっと変えてみせる。

## ひな人形の魔力

おひなさまを持っていますか。

お祖母ちゃんが初孫のために買ってくれるあの五段式七段式といった大きなものではなく、あなたがあなた自身のために買った小さなおひなさまだ。

私の現在のうちは都心のマンションであるが、そこの玄関やピアノの上に出来るだけ季節のものを飾りたいと思っている。そのことを教えてくれたのは私の年上の女友だちである。彼女は私と同じように忙しい女性であるが、インテリアに女らしい心くばりを忘れない。お正月には小さな門松、そして端午の節句にはショウブの花とカブト、といったように何かしら玄関に飾っている。ひな祭りの日は確かアンティックの小さなおひなさまだったはずだ。

京都で買ったというそれは、古びているが豪華な衣裳をまとい、品のいいお顔をしていた。もちろん後ろには桃の花が飾られていた。昨年のひな祭りは、女たちが十人ほど集まり、彼女の部屋でとてもとても楽しいパーティーを開いた。ひとり四千円の会費でおいしいものを持ち寄り、大いに飲み騒いだのである。ひな祭りこそもっと盛んになってほしい行事だと私は思う。昔の女の子だったら、母親があれこれ用意をしてくれ、友人を呼んで白酒を飲んだりしたのであろうが、現代は女の子たちが集まるアクティブなパーティーとしたい。CDをがんがんかけて、お酒もたっぷり揃えてと言いたいところであるが、それだったらいつもの集まりになってしまう。

ここはちょっと工夫が欲しい。着物を着て思いきり古風にするというのもひとつの手かもしれない。お手本は若き日の皇后さまである。先日、雑誌で発見したのであるが、令嬢時代の皇后さまはあちらの『タイム』だか『ニューズウィーク』の取材に応じて、昔ながらのひな祭りをなさっていたのだ。おそらく十代の頃だろう、ふっくらしたお顔をなさって振袖がとてもよくお似合いになる。そしてやや小首をかしげておひなさまをご覧になっていた。

この可憐で上品な雰囲気、しかもエキゾチシズムを混じえてひな祭りパーティーは進行したい。となれば、必要となるのは外国人のお客であろう。学校や職場を探せば、今日びいくらでも外国人を探すことは出来る。アメリカ人やヨーロッパの人だったら、大げさに喜ぶこと請け合いであるが、中国、韓国といったアジアの人々にひな祭りを見てもらい、検証してもらうのも面白いかもしれない、各地に似たものがあるような気がする。

ひな祭りに限ったことではないが、日本の伝統行事に外国人を呼ぶのは楽しみを倍加させるために実に効果的だ。まず彼らに見せようとするため、イベントが本格的になっていく。いつもだったら省略することも手を抜かなくなるのだ。そして説明するため、いろいろ勉強しなくてはならない。これは後に自分のためになる。

今から五年前、

「ティピカルな、日本の田舎のお正月見せてあげる」

と言って、私は英語の先生だったジェニーを実家に連れていったことがある。あの日は親戚の女の子たちがみな着物姿で集合したり、わざわざ近くのお寺に鐘をつきにいったりと大変な盛り上がりであった。私の英語もぐんと上達し（あの時は）、ジェニーは大喜びし、なかなかいいアイデアだったと今でも自負している。

まあ、外国人を調達出来なくても、女の子だけで集まればいいだろう。この場合はやはりあらたまった雰囲気が欲しい。誰かが着物を着てきてくれればいいのであるが、着付け教室へ通う人がいない場合は無理をしなくてもよい。その代わりおしゃれをして、髪やマニキュアにもよそゆきの感じが欲しいものだ。なぜなら途中から男の子を呼ぶのだから。

女の子だけのお祭、ひな祭りに招待され、男の子たちは途中からちょっと照れながらやってくる。そして有難がって白酒をいただく、というのが正しい日本のおひなさまのあり方である。

「本当は女の子だけなんだけど特別よ」

とさんざん恩着せがましく言ってやる。そのためにもフォーマルっぽさは必要なのだ。男の子にとってひな祭りというのは、未だに女の子の神秘性を多分に秘めているものなのである。おひなさまというのは、不思議な魔力を秘めているものなのだ。

地方へ行ったらぜひ、旧家や博物館に展示されているひな人形を見てきて欲しい。決してあれらのものが、タダのお人形、などと思えなくなってくるはずだ。そしておひなさまの魅力に気づいたら、自分で小さなおひなさまを買うことを勧める。

私もミニおひなさまを買った日が、本当に自分が自立した日だと思っている。

## お花見指南

桜というのは、とにかく人の心をうき立たせるものがある。

「フン、花見なんて、人混みの中でカラオケ歌って何が楽しいのかしら」

上野の様子を伝えるニュースを見るたび鼻白む私であるが、季節になるとそれでもやはり青山墓地の方に歩き出してしまう。広大な青山墓地の並木道は、このあたりいちばんの桜の名所なのである。秘書のハタケヤマ嬢は霊感が強いらしく、墓地を歩くと「何かをしょってきてしまう」のだそうだが、それでもこわごわ近くまで行く。

昨年は友人と連れだって飛鳥山にも行った私である。あのもやもやとしたピンク色は桜だけのもので、あの下を通るとこの世ならぬ感じがする。まさしく花に酔ってしまうのだ。そんな思いをさせてくれるのは桜だけだろう。

私は結婚するまで、毎年友人や編集者を集め、山梨へ桃狩りのバスツアーに出掛けていた。盆地全体がピンク色のカーペットを敷きつめたようになるさまは、そりゃあ見事なものであったが、桃というのはいまひとつ色気がない。よくエッチなことを「桃色ナントカ」というが、山梨の桃は果実をとるための生活の花で、観賞のためだけの花ではないから、何といおうかあまりに健康過ぎるのである。

その点、桜はやはり華がある。お花業界の大スターだろう。たいていの日本人は花といえば、まず桜を思いうかべるに違いない。なんたって国花なのだ。

ところで文献を繙(ひもと)いてみると、奈良時代頃まで、日本人は花というと梅を思いうかべていたらしい。しかし平安に都が移ったある時、宮中の紫宸殿(ししんでん)の庭の梅が枯れてしまったので桜を植えた。その時から桜はスターの地位を独占するようになったらしいのだ。貴族の人たちはいつしか、管弦の遊びをしたり、和歌をよんだりした。もちろんお酒やご馳走をいただく。

かのプレイボーイ、在原業平(ありわらのなりひら)はこう歌っている。

世の中に絶えて桜のなかりせば春の心はのどけからまし

世の中に桜というものがなかったら、春はどんなに心静かにのんびり出来るだろうという意味だ。あの頃も花見というと、人々は目の色を変えたらしいことがわかる。

私は思うのだが、梅から桜へと人気が移っていったのはごく当然のことではなかろうか。梅が咲く頃はまだ寒い。外で騒ごうとしても冷たい風がぴゅうぴゅうふいてくるはずだ。が、旧暦で考えても桜の頃はもう本格的な春である。陽ざしもぐっと暖かくなる。第一、梅は白梅だとすると、あまりに楚々とした外見でパッと盛り上がりに欠けてしまう嫌いがあるようだ。

やがて桜の人気は上がるばかり、江戸の時代になると、隅田や浅草、吉原といったところにどんどん桜が植えられていく。江戸の市民にとって、花見はこのうえない楽しい行事になっていくのに時間はかからない。女たちは正月には節約して、花見のときに小袖を新調した。歌をよんだり、踊ったりするのはもちろん、仮装も大流行だ。『図説日本民俗学全集』によると、なかには葬送の格好で、棺桶に弁当酒肴を仕込む者、また仇討に見せかけて見物人を驚かす者もいたという（面白そう）。長命寺などには芸人の茶番狂言もかかって、花見騒ぎはもうとどまるところを知らない。

上野の騒ぎに眉をひそめていた私であるが、どうやら昔からこの騒ぎはあったらしい。なにも昨日、今日、人々がお行儀悪くなったということではないようだ。

今回は正しいお花見の仕方を指南するつもりであったのだが、現在行なわれていることは、数百年も前からあったことが判明した。お花見というのは、本来そういうものかもしれない。気取ったりしないで、思いきりバカになること、はしゃぐこと。これも花見のマナーなのであろう。

が、これだけはやめてネ、ということをいくつか言いたい。文明の利器を使うのは卑怯である。つまりカラオケの機械を使うのはよそう、ということである。

場所は早いものがちであるが、そうかといって空気もそうであるとは限らない。カラオケの音量は、ほかの人たちをこちらの世界にひきずり込もうという、一種の暴力でないか。ぜひやめてくださいネ。後でカラオケボックスに行けばすむことである。

それからやたらベタベタするカップルが急増しているが、お花見の時は慎もう。そうでなくても、皆もやもやした、ちょっとインランな気分になるのが花見である。目の前でおかしなことをされると、インラン心に火がつく。何も恋人で来ているカップルばかりではない。嫌なおじさんにタッチされるセクハラ娘が増える可能性が出てくることも予想される。

ひたすらアホになってもいいが、あくまでも童心を装うことを忘れずに。

それからコンビニで、チップスやチーズを買ってくるのもよいが、花見はやはり、焼鳥、田楽といった和式のものが好ましい。おそらく屋台が出ているだろうが、ちょっと手間をかけて、町のおいしい店にあらかじめ頼んでおくというテもある。

そうそう、それから最後にいちばん大切なこと。大学生の若いグループが、いちばんいい場所で、いちばん大きな顔をしているのはやはり間違っている。他にこれといって楽しみのないおじさんや、サラリーマンのグループに少し遠慮しよう。若いもんは、楽しみながらも、ちょっと控えめという態度が、花見の正しいあり方である。

# 香道初体験記

このあいだテレビを見ていたら、扇子を軽く投げ、もうひとつの扇子を倒すという遊びをしていた。ふつう考えると、扇子がもったいないとか、こんなことをしていて楽しいのかしらんという疑問がわくのであるが、実際しているところを見ると、雅(みや)びでなかなか面白そうな遊びである。

ジャパネスク関係の遊びというのは不思議なもので、頭だけで考えるとどうしても理解出来ないものが多い。お茶にしても、カルタ取りにしてもそうだ。それがどういうものか外国人に説明しようとすれば、こちらの方が途中でやや口ごもってしまう。

「お客さんのためにお茶をたてる、それをセレモニーにしたもの」

「あのね、カルタを取って、多くカードを取った人が勝ちなの」

そして無味乾燥なことを口にした後、どうしてあれらのものがひとつの芸術にまで昇華されるのだろうかと奇妙な思いになる。つまり外国ものと違い、日本の伝統的な遊びは言葉にすると非常にシンプルだ。ごく単純な動作をつみ重ねて、精神を深めるようになっている。だから言葉で説明するだけでは、外国人をきょとんとさせるだけだろう。

香道というのも、おそらくそうしたもののひとつに違いない。お香を楽しみ、そのお香の名前をあてる――と聞いただけでは、なにが何だか日本人でもわからない。お香をあてるなら、鼻のきく人が勝つ。それなのにどうしていろいろな作法があり、香を聞く女性たちはきちんと威儀を正しているのか。

と、まあちょっと見にはわからないことが多いのであるが、それでも最近、この香道の人気はウナギのぼりである。とても神秘的でエレガント、しかもハイソサエティのかおりがするというのが、若い女性たちの心をとらえているらしい。

かくいう私も、香道をしたくてたまらなかった一人である。ちなみにお香は、かぐ、ではなく聞くという。思いを込めて、何か大きなものを確かめようという姿勢があらわれている。

こんなことは何の自慢にもならないかもしれないが、私はすごく鼻がきく。食べ物のにおいはもちろん、電車に乗ると前のおじさんの靴下のにおいとか、お弁当のおかずのにおいなども嗅ぐことが出来るのだ。これってとても香道に向いているのではないかしらん。しかも私は宮尾登美子さんの『伽羅の香』という本の大ファンだったのだ。この本は香の道へと進む、薄幸な女性が主人公であるが、中に出てくる香木の名前の素敵なことといったらどうだろう。伽羅、羅国、真那蛮、真那伽といった名の美しさもさることながら、そうした香木は、遠い南国のジャングルの奥地にあるらしい。そしてアラビアや中国を通って日本に運び込まれたという。しかも最近日本に来るものなど何の価値もないらしい。何百年もたった香木、小指の先ぐらいの大きさのものがそれだけで何百万円で取り引きされる。一瞬かいで、じゃなかった聞いて、消えてしまうものに何百万！　そりゃあ、お茶やお華の世界にも何百万という骨董品はあるだろう。しかし壺や茶碗というのは飾りで残しておくことが出来る。が、お香は燃やし、じゃなかった焚いてしまうものなのだ。

こういうことを聞けば聞くほど、ぜひともお香に挑戦したいと思う私である。しかしどうやったらお香の席を見せていただけるだろう。

「この頃はカルチャーセンターとかもやっているらしいですよ」

と担当の編集者は言うが、私の望んでいるのはそういうもんじゃない。うんと神秘的で、ゆえにちょっぴり排他的なところがいい……などというようなことを彼に言ったらいろいろ調べてくれ、耳寄りな話を手に入れてくれた。

「ホテルオークラに集まって、お香をするグループがあるようですよ。ここはとてもいいお香があるそうです」

ホテルオークラと聞いて、少々ビビッたものの、ここにこそ私の求めるお香の席があるような気がする。

しかし着物は何とかなると思うが、マナーがむずかしそうだなあ。お茶をやっているを人に言いふらしているものの、ほんの付け焼刃。さぼってばかりいるため、三年もやってほとんど初心者コースというていたらくである。正座もちゃんと出来ない。それに私は動作がすべて荒っぽく、きちんとした席には本当に似合わない女なの……。

というような言いわけをしながら私はホテルへ向かった。今日の私のいでたちは絽(ろ)の訪問着。黒い夏物というとおばさんぽくなるのであるが、これは撫子(なでしこ)の花がモダンで気に入っている。

少し時間が早いので、お茶を飲みながら香道の本を読む。これによると香というのは平安時代かなり盛んだったという。私はその方面の教養が全くない人間であるが、それでも源氏物語や伊勢物語に、お香が出てくる描写があるのを知っている。貴族たちが着物に香をたきしめるシーンだ。

女房たちがゴロ寝をしていると、ひとりの貴公子が近寄ってくる気配がする。その男から漂ってくる香の高価さ、趣味のよさで、女房たちは彼が相当位が高い人だとわかるのだ。

香の素晴らしさというのは、現代人の私たちが、これとほぼ同じものをかぎわけることが出来るということらしい。つまり気が遠くなるほど時を経た香木に火をつけることにより、私たちはタイムスリップ出来るのだ。本当にすごい、すごいぞ。私はあきらかに興奮しながら、オークラのお茶室に向かった。

オークラの指定されたお茶室には誰もいない。

「まだ時間が早かったのかしら」

と編集者に話しかけたとたん、水屋の襖（ふすま）がすうっと開き、次々と和服姿の女性たちが姿を現わした。年配の方ばかりかと思っていたら、女子大生のような若い方も目につく。が、身のこなしや和服の着こなし方はタダものではない、という感じだ。間違ったところに来てしまった、という思いが強くなるが、今さら引き返せない。

「誰でも最初は初心者」。この言葉を私はいつも励みに、新しいことに挑んできたが、今回はかなりむずかしそうだ。

「いいえ、そんなことはありませんよ。慣れていらしたら、こんなに楽しいものはありません。私だって初めの頃は何もわからずやってきましたけれど、すぐに面白さにとりつかれましたもの」

とおっしゃるのは、リーダーの熊坂さん。とても上品な、しぐさが美しい方だ。

まず作法どおりに香が炷かれる。この役目をする女性を香元というようだ。そして熊坂さんから順に香炉がまわされる。今日は「七夕」にちなんで、織女と牽牛が用意されていた。織女と牽牛というふたつは、いってみるとスター級のお香、後に熊坂さんがおっしゃるには、伽羅が入っているそうだ。

まずこのふたつのスター級の香りを聞き、後から五つの香りを聞く。そして今度は順序をバラバラにして、もう一度七つの香炉がまわってくる。その名前をあてて手元の和紙に書き込んでいくのだ。

つまり、一番目は、さっきは五番目にまわってきた「待(まつ)」ね。そして二番目はスターの香り「織女」だわ……という風にあてていく。これが大層むずかしい。ちなみに先回行なわれたお稽古を見学した編集者は、ひとつもあてることが出来なかったそうだ。今日は初心者の私がいるので、ごくシンプルな遊び方になっているようだが、「源氏香」だの「宇治山香」だの、古典の内容を知らない者にはちんぷんかんぷんのやり方もあるらしい。

「右手でこういう風に香炉をおおい、深く三度吸ってください」

熊坂さんのおっしゃるとおり、深く息を吸い込む。が反射的に吐く息が強くなり、鼻息で灰がぷわーっととんだ。

「こういう吸い方って、やっぱり下品でしょうか」

「そうですねぇ……」

熊坂さんはじめ、一座の方たちは困ったように微笑まれた。

こうしている間にも、大きな和紙に記録をとっている方がいる。誰がいくつ香をあてたかというのは、一回の香席ごとに残していくらしい。星合香記(ほしあいこう)といって、もちろん毛筆で書かれているのだが、これがものすごい達筆なのだ。ちなみに香席で私たちは名前で呼ばれ、書かれる。真理子さん、洋子さん、というようにだ。女に苗字など使われなかった時代の名ごりかもしれないし、あるいは雅びな雰囲気を保つための知恵かもしれない。が、女たちが集まり、名前で呼び合いっこするというのは、少々おミズっぽい雰囲気が漂うものだ。

さて、いよいよお香をあてていくのであるが、鼻がきくのが自慢の私も、お香というのは初めてである。が、心にとめておいたことがひとつあった。それは単に

「においをかぐ」という行為だけでは何も憶えられるはずはないことである。お香を聞いた時、自分なりの言葉をつくらなければいけないと考えたのだ。

「どこかで遠い星がちかちかまたたくようなにおい」

「インドのお姫さまが象に乗ってやってくるようなにおい」

　シロートはシロートなりに、なんとか自分なりの表現方法を見つけることが大切だろう。おかげで私は七つの香のうち、四つをあてることが出来た。親切な熊坂さんが、いくつかヒントをくださったとはいえ、初心者にしてはかなりいい数字ではないでしょうか。

「あーら、お香って何だか私に向いていそう。本格的に始めちゃおうかしら」

　などと思ったのもつかのま、

「そろそろお歌を……」

　と声がかかった。七夕にちなんだ「逢ふ」「思ふ」「待」などという言葉の中から必ず三つを使って短歌を詠むんだそうだ。今までお香をあてることに精いっぱいで、和歌までとても手がまわらなかった。そんなことより、私は和歌などつくったことがない。おまけに三つの言葉を織り込むなんて、そんな器用なことがどうして出来ようか。

「すいません、不調法なもんで……」

私は笑って誤魔化し、パスしようと思ったのであるが、とてもそういう雰囲気ではない。私よりずっと若い女性も、さらさらと筆を動かしているではないか。

冷や汗が出る、なんていうもんじゃない。困惑と苦悩のあまり、涙がこぼれてきそうになった。仮にも私は物書き、一応、直木賞作家と呼ばれる身の上である。それなのに短歌ひとつつくれないなんて、永遠に笑い者だ。私は仕方なくやった。頑張った。なんとか文字を書いて、笹の葉につけたのである。終わった後はお薄と和菓子でなごやかに談笑し、これにてお開きとなる。が、気になるのは記録の行方だ。香のあてっこはいいとして、みなの和歌を書きとめた紙はいったいどこへいくんだろう。

「今日いちばんの方がごほうびにいただけるんですよ」

お香の名あてクイズナンバーワンは、やはり熊坂さんであるが、私は客ということで強引にもらってきた。これで恥は隠せる。お香は確かに優雅で素敵なものであるが、①古典のたしなみ②和歌のたしなみ③お茶のたしなみ④書道のたしなみと、たしなみが七つも八つも必要のようだ。長いこと習いたいと憧れていた私であるが、わが身を振り返り、いさぎよくあきらめることにしよう。

## 日本旅館の贅沢な退屈

年に二回ほど、若葉の頃、紅葉の頃に温泉に出かけたくなる。それも騒々しい温泉ホテルでなく、しっとりとした日本旅館で、日がないちにち浴衣など着てみたいと思うのだ。

若い頃は日本旅館など大の苦手であった。だいいち畳の上に座るのが嫌いだし、朝は早い時間に起こされる。夜は遅くまで外に出かけることが出来ない。それよりも安くてもいいからホテルに泊まり、好き勝手なことをした方がずっといいと思っていた。それがこの日本旅館嗜好。もうオバン化の証拠かしらと秘かに悩んでいたのであるが、編集者から聞いた話によると、この頃の若い女の子たちも、みんな温泉や日本旅館が大好きという。

よろしい。それならば正しい日本旅館の泊まり方というのを私がお教えしようではないか。数多くの実践を踏んだ私のことゆえ、かなりお役に立てると確信している。

まず私が言いたいのは、温泉地へ泊まる場合、あまり日常を持ち込むな、ということである。ちょっと踊りたい、カラオケもしたい、という欲望が生じると、日本旅館、温泉町は急に魅力のないものとなってくるはずだ。

えーっ、こんな宿しかないのォ。

えー、夜の十一時までに帰ってこなくちゃいけないのォ。

などと不満がたらたら流れ出す。はっきりいうが、温泉町のカラオケスナックは、地元のおじさんか、あるいはコンパニオンを連れまわす男客がいくところ。飛び込みの女の子にサービスなどしてくれるはずがない。温泉へ行き、日本旅館に泊まるとしたら、普段出来ないことをしよう。それは贅沢な退屈をするということである。

遠出をしない。お湯に入っちゃ寝、寝ちゃお湯に入る。その間、普段読めない本を読んだり、だらだらとテレビを見る。もちろんメイン・イベントは、女友だちとのお喋りだ（彼と一緒の場合は、すべてのシチュエーションが違ってくるので、別の機会に）。じっくりと本音を話したり、ついぽろりと秘密が出てくるのも温泉ならでは。

「まあね……、男と女なんてそんなものかもしれないねぇ……」

などという深い言葉が漏れるのも、こうして枕を並べているからだ。

温泉地での旅館で、私はひたすら繭になることを勧める。自分の殻に閉じ籠って、ぬくぬくと過ごすのだ。出歩くのもせいぜい半径一キロメートルぐらい。近くのお土産屋をひやかすぐらいが、正しい温泉地でのあり方である。アクティブに行動するために、ホテルの部屋は狭く素っ気なくつくられているのであるが、一日中ゴロゴロしているために日本旅館の部屋は快適なのだ。一泊だと繭に熟成しづらいので、私は必ず二泊し、畳にべったりと寝そべっている。

さて、この快適空間をつくるために、いくつかの注意が大切だ。日本旅館にはいくつものマナーがある。

まず仲居さんにチップを渡す。誰が担当か迷ったら、宿帳とお茶を持ってきた人がそうだと思えばいい。相場は一人分の宿泊費の一割とかいわれているが、若い読者だったら二人で三千円ぐらいが妥当なんではなかろうか。おじさんだと祝儀袋に入れたりするが、若い人がそういうことをすると嫌味である。ティッシュペーパーに丁寧に包み、

「あの、失礼ですけれども、これはほんの気持ちです。どうぞよろしくお願いします」

とあくまでも謙虚に。仲居さんというのは、この二日間をどう過ごすかの演出家

でもある。料理の運び方、ためになる情報も、みんな彼女の胸先三寸。きちんと挨拶してし過ぎることはない。

そしてお茶をゆっくりと飲み、添えられた小さな饅頭をつまみながら、旅館のパンフレットを熟読する。庭園でコーヒーサービス、などという文字を見つけたり出来る。そうしたら行動開始だ。近くをぶらりとするのもよし、庭を散歩するのもよし、まずお風呂に入るのもいい。が、あくまでも近くで、すぐに帰ってこれる場所であることを原則とする。なぜなら浴衣を着ているからね。

私はこのあいだまで浴衣を着るのが大嫌いだった。どうして女の子たちが、言ってみれば寝巻きを着て、熱海通りをぞろぞろと歩くのだろうと思っていた。しかしこの頃の浴衣は可愛いものが多いし、帯もちゃんとしていることが多い。丹前をはおれば、最上のリゾートウエアだ。なにしろお風呂にたびたび入る時も、すぐに着脱出来るし、下着をつける時もうまく隠してくれる。気取ってワンピースを着るよりも、温泉はやっぱり浴衣なんだ。ただしウエストの細さを強調する、つまり、ぎゅうぎゅう帯で締めつけるのはやめようね。からだがやたらエッチぽく見える。それと素足がむき出しになるので、部屋に居るときは足袋とまではいわないが、ソックスも持っていった方がいい。

それから肝心なのはお風呂の入り方だ。私の友人たちは、若いコのエチケットがなっていないといつも怒っている。私が他人に、お風呂の入り方を教える筋合いでもないのだが、

①まず湯船に入る前に、体をざっと流すのは常識。
②湯船の中にタオル、手拭いを入れない。
③シャンプー、シャワーの際は左右をよく見て。
④使い終わった桶や風呂イスは、軽くお湯で洗い、洗面器は水が切れるように逆さにする。

そしてこの後は楽しい食事が待っている。ここではマナーなんか関係なしだ。レストランと違い、人の目を気にしなくてもいい。寝巻きのままで、だらしなく膝を崩したまま、運ばれてきたおいしいものを食べればいい。お酒なんかいくら飲んでもＯＫ。酔いつぶれてもここが寝室なんだもん。くちゃくちゃ食べ、途中寝ころんで、またビールを飲む。

おお、極楽、極楽。人が見ているところでは女の子としての節度を守り、部屋に帰るやいなやおじんに変身。そうして、繭子ちゃんとなっていく。これが日本旅館での正しい過ごし方である。

# 和のテーブルセッティング

普段はがさつな私であるが、モノ日になるとやたら張り切る。モノ日とは、夫の誕生日、クリスマス、お客さまを招んでのディナーパーティー、お正月、といったところであろうか。

なにしろハイミス生活が長かったから、食器やクロス類がやたらある。私の友人もみなそうであるが、ある年齢を過ぎると海外旅行に出かけても洋服を買う気が起こらなくなるのだ。その替わり、ブランド品でも別のものを買い集めてくる。ロイヤル・コペンハーゲン、ウェッジウッド、ミントン。自慢じゃないがグラス類もすごい。結婚した時に、たくさんの人がバカラのグラスを贈ってくださり、うちはバーが出来るほどグラス類がある。それにお歳暮でもらう商品券をためて買ったクリストフルのナイフとフォークを置き、その下は香港で十数万円もしたオーガンジーのテーブルクロス。

これに花でも飾れば、なかなかのものではないか。やたら興奮してテーブルの上にのぼりたがる猫を追っ払いながら、私はひとり悦に入ることが多い。

「すごいわ、すごいわ。一流レストランに負けないぐらいだわ」

だが悲しいことに、和風となると、私の自信もプライドもめちゃくちゃになってしまう。一応それらしく見せようと、黒い塗りの折敷も買い、夏のテーブルセッティング用にスダレのマットも買った。箸置きだって可愛いものをコレクションしている。だが、わが家のテーブルは和風となると全く決まらない。来たるべき正月のお膳に向け、なんとかいろいろ勉強してみたいものだ。

そんなわけで料理研究家の生方美智子先生にレクチャーしていただくことになった。着いたところは桜の大木があるシックなお邸である。最近はお料理ばかりでなく、テーブルコーディネイト全般を教えていらっしゃるそうで、一階は広々としたサロンになっている。テーブルが五つあり、カメラが自由に動けるスペースだ。

既に素晴らしいお正月のテーブルが用意されていた。日本の食器はまるで知識がない私だが、それでも九谷や古伊万里の素晴らしさはわかる。特に真ん中の蓋物の素敵さといったら……古いものだろうが、鮮やかな光琳模様がとてもモダンだ。

「こういうものは、実家の蔵から持ってまいりましたのよ」

なにしろ生方先生は、かの有名な歌人、生方たつゑさんのひとり娘だ。大変な旧家のお生まれだと聞いている。後で生方家のお重を見せていただいたが、これも美術館に行きそうなすごいものであった。

「先生のような方はいいけれど、普通のおうちに生まれた、普通のお嬢さんはどうしたらよろしいですか」

「やっぱり勉強なさることでしょうね。そうして少しずつ揃えていけばよろしいのよ」

最近は和食の基礎を何も知らないうちに、和食もどきに走るのが流行っている。けれどもそれでは何の美しさも出てこない。

「〝和〟は本当にむずかしゅうございますわ。私はこの年になっても、日々勉強しております。器の歴史から、江戸時代、明治のお膳の整え方。勉強すればするほど、本当に〝和〟は奥が深いと思います」

和食のテーブルセッティングの基本になるのは、やはりお茶の懐石だそうで、常に一汁三菜の美しいカタチのバランスがある。左側にご飯茶碗、右側にお汁の椀、三角形の頂点にあるのが向付。が、今回のテーブルセッティングは、お酒を飲むメニューなので、小皿が中心だそうだ。よく見ると正式なお膳のようでいて、水さしを酒器に使ったり、お重箱に花を生けたりと、生方先生独得のアレンジがある。

「基本を知った上で、若い方は若い方なりに、いろいろ工夫してみても面白いでしょうね。たいていのお家で、探せば昔の器があると思いますので、それを生かすように考えると楽しいですよ」

私の家も時々、和風のディナーをするが、手間を省くのと、豪華さを出すために、備前や韓国の青磁の大皿にわっと料理をもって並べる。あれっていいんでしょうか。

「お料理をいっぺんにテーブルの上に出すというのは、まるで旅館の夕食のようになってしまいますわね」

生方先生は上品な眉をかすかにゆがめた。

「大皿に用意なさるのはいいけれど、ひとつひとつ出した方がよろしいわ。そういう時はワゴンを使って、順番にお出しする方法がありますわ。その方がご馳走らしく見えるでしょう」

なるほど、よく雑誌でみる「大皿料理」に最近かすかな疑問を抱くようになっていた私だが、そう言われてみれば確かにそうだわ。

やがて生方先生お手づくりのケーキと紅茶が運ばれてきた。もちろん銀のお盆にレースのドイリーが敷かれていて、私は大層緊張した。横には生方先生がいらして、私の手元をご覧になっている。なにしろマナーの大家でもいらっしゃるわけだ。

「あの……、スプーンの置き方はこれでよろしいんでしょうか?……」

「そうですね、あの、スプーンを攪拌(かくはん)なさる時は、寝かせて左右に静かに動かしたらいかがかしら」

確かに私は今まで、スプーンを意地になって乱暴にまわしていたのだ。ああ、恥ずかしい。こんな私は和のテーブルセッティングより先に習うことがいろいろあるんじゃないだろうか。

# 外国で喜ばれるお土産

今年はクリスマスからお正月にかけて、ずっとニューヨークで過ごした、などというと一見よさそうに見えるかもしれないが、最初の頃はあまりの寒さに外に出られず、ずっとふてくされてホテルで本を読んでいた。揚句の果ては、派手な夫婦喧嘩をやらかし、帰国を早めたりと、まあいろいろなことがあった。

が、長い目で考えると、やはり結婚はいい。海外旅行の時に何かと便利だ。うちの夫は機嫌さえよければ買物につき合ってくれて荷物を持ってくれる。通訳もしっかり務めてくれる。観劇も食事も二人単位だとすべてスムーズにいく。そんなことより、あれ、あれ、あれがあったんですよ。帰りの成田での免税額。うちの夫はほとんど何も買わない人だから、その分免税額がこっちにきてのびのび買物出来る。もう二十万円超えていないかしらと、帰りの飛行機で電卓で計算することもなくなった。

またそんなことをしなくても、最近の私はブランド品をほとんど買わない。昔はエルメスのケリーバッグをいっぺんに三個、シャネルの洋服数点、などという愚行をやらかし、成田の税関の方にかなりの税金をおさめていたのにね。

この頃、ノンブランドの可愛いものをやたら買う。おもちゃみたいな時計やブローチ、普通のデパートで見つけたショールやハンドバッグ、誰にあげるあてもないが、ぬいぐるみもたくさん。多くの方が経験があると思うが、いつも帰国の前夜、こうしたものをスーツケースに収めようと私は四苦八苦したものだ。だが別に必死になることもなかった。こうしたカサのあるお土産は、別にダンボールに入れさえすればいいんだものね。

この数年来、日本を発つ前にダンボールの箱をスーツケースとは別に用意し、その中にあちらの友人に差し上げる品物を詰めることが多くなった。帰りは空になったそのダンボールの中に、買った土産を入れるから便利だ。

行きのダンボールの中には、それこそいろんなものを入れる。本も喜ばれるし、日本のテレビ番組、それも思いきりくだらないバラエティのビデオなども持っていくと、そりゃあ喜ばれる。向こうの日本人はおせんべいや羊羹(ようかん)をお土産にもらうことは多いから、案外こうした雑誌やビデオの方がウケがいい。

今回もニューヨークに企業留学している友人と一緒に休暇を過ごすことになった。

ニューヨークは何でも揃っているから、とにかく雑誌がいいということで、ダンボール一杯持っていった。大層喜んでくれ、毎晩夢中で読みふけったという。

このようにあちらの同朋への土産に関しては、もはやベテランの域に達した私であるが、悩むのが外国の方への土産である。これは本当にむずかしい。なぜならば国、相手の立場によって全く違うからである。

昔モスクワへ行った時は、安売り店で買った五百八十円の電卓が大活躍した。ちょっと失礼かなと思ってためらっていたパンストを、現地の女性はそれこそ満面笑みをたたえて受け取ってくれた。が、電卓やパンストをニューヨークで渡したら、それこそバーカというものであろう。それならばジャパネスク関係ならウケるだろうかということになるが、これもとてもむずかしい。すべての外国人が日本に興味を持ち、扇や折り紙を受け取ってワンダフル、と言うと思ったら大間違いである。特に外国人は、やたらと大げさに喜ぶ節があるから油断が出来ない。

これは私の偏見と思ってくださって結構だが、扇を喜ぶのはアメリカよりヨーロッパの方が多いようである。新しいものが受け容れられるかどうかは、既にその土地に似たものが存在しているかどうかにかかっている、という有名なルールによれば、スペインやフランスでは昔から優雅な扇が存在しているわけで、ゆえに日本の扇に相好をくずすのはまんざらお世辞でもないようだ。

そうはいうものの、私たちがフランス人からお土産をもらう時、レースひらひらの扇とシャネルの化粧品とどちらが嬉しいかといわれれば、やっぱりシャネルと答えるだろう。やはり奇妙きてれつなジャパネスクよりも、キレイな実用品というのははるかに歓迎されるものだ。

このところ私が外国人に差し上げて評判がいいのは、モリ・ハナエのスカーフ、それも蝶のとんでいるものがいい。それと資生堂の香水。モリ・ハナエ、シセイドーというのは、やはり世界に通用するブランドなのである。アメリカ、ヨーロッパだけでなく東南アジアの女性たちもたいてい知っている。

それと予算があるのならば、ソニーの小さな電機製品はもちろん大喜びされる。だが贈るきっかけがむずかしいかもしれない。国によっては、高価な贈り物はけげんな顔をされることが多いのだ。

そうそう年末の歌舞伎座で、歌舞伎のイラストのカレンダーを見つけた。ニューヨークのお土産に買っていくことにする。ジャパネスクをしていても、ちゃんと実用になるところが気に入った。それにカレンダーなら誰でも気軽に受けとってくれる。

ところで最近私がもらった嬉しいお土産は、アメリカのベストセラー作家、エイミ・タンさんがくださったティファニーのボールペン。彼女のような人でもブランド品を選ぶんだと思ったら、なんか楽しくなった私である。

# 麻雀は今でもおもしろい

寒くなるにつれて、人のぬくもりが欲しい季節となった。友人を誘ってカラオケにでも行こうかと思ったのだが、何となく気が進まない。長時間歌うのも疲れるし、いつものメンバーのいつもの歌も聞き飽きた。

そんなある夜、深夜番組を見ていたら、なんと懐かしい麻雀卓がアップで映し出されていたではないか。松本明子(まつもとあきこ)ちゃんなど今をときめく人気タレントの人たちが麻雀に挑戦しているのである。

いやぁ、久しぶりだなぁ、麻雀の牌(ぱい)を見るなんて。聞いた話によると、麻雀は〝ダサい〟、〝暗い〟ということですっかり廃(すた)れてしまったらしい。学生街に雀荘というのはつきものだったのに、どんどんつぶれてしまったとも聞く。

しかしかのカラオケを見よ。ほんの数年前まであれはおじさんのするもの、カッコ悪いものと思われていたのであるが、今は誰でもする。カラオケボックスで演歌を歌うのは、カッコ悪いことでも何でもなくなっているのだ。

　私は確信を持って言うのであるが、最近の若い人たちというのは他人との会話が苦手である。そんなことはない、毎晩友人と長電話をしたり、ケイタイを手放さないという人も多いだろうが、あれは電話というワンクッションが入って初めて成立する。みんな直接面と向かって議論したりお喋りするのがうまくない。カラオケの合間にちょっとソファに腰かけ、切れ切れの会話をするのは好きだが、延々とひとつのテーマについて喋るのは嫌いみたいだ。そうでなきゃ、どうしてみんなすぐ、カラオケに行こう、ということになろうか。ろくに話もしない遊びに、どうして五時間も六時間も興じることが出来ようか。

　麻雀はこの点、現代人にぴったりのゲームである。競技をしながらであるから、じっくり適当に会話しておけばいい。しかもカラオケのような騒音が入らないから、じっくり落ち着いた会話が楽しめる。事実、麻雀をしながらの会話はくだらないことばかりであるが、それが結構楽しい。ダジャレもいっぱい飛びかう。

　それに麻雀の大きな利点は、飲み食いも出来るということだ。カラオケの時も出来るという意見もあるかも知れぬが、カラオケボックス、ならびにスナックの料理というのは実にわびしい。何か持ち込もうものなら、ただちに罰金が科せられる仕組みだ。そこへいくと雀荘はかなり豪華だ。私がかつてよく行った青山のお店などは、鍋焼きうどんからカクテルまでつくってくれ、ちょっとした夕食まで食べられる。デザートだってある。今でもたいていのお店は、頼めばラーメンやお鮨もとってくれるはずだ。

だけどおじさんたちに混じって雀荘に座るのはちょっと……という向きは自分のうちでやればよい。ちょっとした四角いテーブルさえあれば、いつでもどこでも出来るはずである。ちなみに麻雀にお金を賭けるのは法律違反だから、チョコレートか何かを賭けようね。麻雀というのはむずかしいという印象があるかもしれないが、いくつかの手を憶えさえすればどうということもない。それに初心者でもツキさえくれば勝ってしまうところが麻雀の面白いところ。

私はこの頃パソコンに凝っていて、いささか古くなったが「上海」に熱中している。が、麻雀の面白さは、とてもじゃないがパソコンやファミコンの比ではない。ゲームのスリル、駆け引きがこれほど楽しめるものがちょっとあろうか。パソコン、ファミコン、カラオケと、麻雀のための萌芽を、今の人たちは十分養ってきているはずだ。機は熟した。今こそ「麻雀復活を」と私は立ち上がり、大いに人々を啓蒙することにしたのである。

といっても麻雀はもうちょっとおしゃれにいきたいね。昔の家庭麻雀は、コタツがよく使われたものであるが、これをやめて低いテーブルとしたい。まわりもクッションを囲んで可愛らしく。ウイスキーの代わりにワインとチーズを出したい。そして果物もたっぷり用意。

麻雀はもともとは中国のものであるが、もはや日本のオリジナルゲームといってもいい。それをさらにアレンジしてエスニックゲームのようにするのはどうだろうか。バックギャモンやチェスのように気取ったゲームもいいが、麻雀をすると本当にはまる。一、二回もするととりつかれてしまう。

寒い冬の夜に、素敵な男の子を呼んで楽しくやりたい。というわけでいろんな大学の男の子たちに集まってもらった。

「出来るだけ美形を」

という私の注文通り、みななかなかのレベルである。しかし麻雀はあんまりうまくない。昔、女子大生だった頃、私はよく男の子の後をくっついて雀荘に入りびたったが、ヘタっぴいで仲間に入れてもらえなかった。プロ級の男のコがゴロゴロしていたのだ。

そんな私がずっとトップを張ったのであるから彼らの腕は大したことない。聞くとあまり麻雀はしないのだそうだ。そうかといって女の子と遊び歩いているわけでもないらしい。

「じゃあ、何してるの」

と聞いたら、

「うちでファミコンをしている」

という情けない返事があった。日本男児たるもの、ひとりでこそこそそんなことをするもんじゃないと叱りながらも、私は彼らと次の約束をしっかりとしていた。

## 砂かぶりで見る大相撲

ある方から、初場所の砂かぶりの席を二枚いただいた。砂かぶりですよ、砂かぶり！

「あーら、残念。枡席じゃないの」

と言う人がいたが、何たる無知であろうか。あのね、砂かぶりというのは土俵をとり囲むスペース。その後ろに枡席はあるのだ。枡席は、昔からの相撲の伝統そのままに、お酒も飲めるし焼きトリもつく。そもそもお土産とパック料金になっていて、その中に焼きトリやアンミツも入っている。

しかし砂かぶりは飲み食いが出来ない。純粋にスポーツとしての相撲を観戦するところなのだ。若貴（わかたか）ブームのため、今や普通の二階席でさえ徹夜組が出るという相撲業界。枡席など企業が持っているところがほとんどだから、よっぽどのコネがないと見ることが出来ない。その枡席よりももっと前の砂かぶりは、もはやプラチナ

シートというよりも、ダイヤモンドシート。この席は、

「ウソー、キャー、嬉しい！」

と狂喜乱舞してくれる人と見に行きたい。

ということで、私がお誘いしたのは内館牧子さんだ。内館さんは私のような、昨日きょうの相撲ファンではない。若い時から北の富士（九重親方）の追っかけギャルをし、長じては「千代の富士物語」というドラマを書いた筋金入りだ。

「お相撲のことならまかしておいて」

胸を叩かれた。

「よかったァ、私、枡席は何度か行ったことがあるけど、砂かぶりは初めてなの。どんな格好をしていったらいいのかしら」

「ロングスカートかパンツね。砂かぶりはとにかく狭いの。座布団一枚分のところにぎっしり座らされるの。だからあぐらをかいたり、女だったら膝を崩してもわからないようなものがいいわね」

ということで、大判のショールを持参した。

さて待ち合わせした国技館の前は、ものすごい人波である。若貴が入ってくるのを見ようという野次馬だが、その数がすごい。そこを通りすぎる私でさえ恐怖感を

おぼえた。毎日この人たちにとり囲まれ、べたべた体を触られる若貴のプレッシャーたるや、大変なものがあるだろう。

それにしても下町両国は独得の雰囲気がある。歩いていても喫茶店へ入ってもお相撲さんが日常的にいる。テレビゲームをしたり、コーヒーを飲んだりしている。ダフ屋も代々木や武道館あたりにいる人とまるで違う。あきらかにㄜマークで、毛皮のブルゾンなんか着ているんだよ。この猥雑な下町っぽい雰囲気が、国技館に入る前からこちらの気持ちをわくわくさせてくれるようだ。

そしてチケットを持って国技館へ入ると、まずは相撲茶屋へ。ここは因襲の世界です。自ら席へ行くことなんか許されない。呼び出しさんと同じたっつけ姿の出方（でかた）さんに、ご祝儀（チップのこと）を渡し、席に案内してもらうのだ。

座ってみて驚いた。前から五番目、通路側じゃないの。

「私も何度も来てるけど、こんなにいい席は初めて」

内館さんも興奮していた。通路側、東の花道ということになる。十両・幕内力士がいっぺんに出る土俵入りの際も、その後の取り組みの際も、若貴が間近で見られる席だ。そお、私の三十センチ前を貴の花（たかはな）がのしのしと歩いたのだ。背中のニキビまでしっかり見えた。肌が艶々してとても綺麗。手を伸ばせば、いや、伸ばさなく

ても、すぐ触れられるところを通ったんだ。あまり近いので、後ろのおばさんなど、

「背中にさわっちゃった」

とわめいていたが、私たちはもちろんそんな下品なことはしませんでした。

「それより足をご覧なさい」

内館さんがささやく。大きな彼の足の指は一本一本独立していて、いかにも土に踏んばって立つという感じだ。土が少しついているのも男らしいぞ。

霧島は前からいい男だと思っていたが、実際見る方がはるかにハンサムで、私はため息をついた。それよりもど肝を抜かれたのは、やはり小錦だ。大きいなんてものじゃない。巨大な肉塊が移動しているという感じだ。私など彼に比べれば拒食児みたいなもんですよ。

歩くたびに太ももの内側の肉がぶるんと波うって動く。彼が歩くと通路側の私たちは、思わず身を斜めにしてしまう。まことに失礼ながら、私は思わず、

「ねえ、この人、どうやってセックスするのかしら……」

と内館さんにささやいたところ、

「私もいま同じことを考えていたのよ」

そんな私たちのことを全然イヤらしいと思わない。厳粛な疑問にいきあたったと

いう感じだ。

人気取り組みがいっぱいの中日（なかび）のせいで、満員御礼の幕がおりる。テレビでは気づかなかったが、お相撲さんは懐紙で口元を隠しながら口をすすいだ力水（ちからみず）を吐く。その力水の吐いた先は、ダストシュートみたいに、どこかへ吸いこまれていくのね。

それから働く少年がとにかく多いことも発見のひとつ。今年中学を卒業しました、という感じの呼び出し少年たちが甲斐甲斐しく、水を運んだり、懸賞幕を持ったりしている。

「すごいわねえ、これだけ中卒の男の子がいるなんて、今どき珍しいわよ。どこも人手不足だっていうのに。やっぱり相撲社会は魅力あるのねえ」

などと話しながら、私たちは浅草の「駒形（こまがた）どぜう」の鍋を前に、日本酒で興奮をさました。

# 水菓子をつくる

あまり人には知られていないことであるが、学生時代私はあんみつ屋さんでバイトをしていた。新婚間もない頃、友人を招いてやたらお食事会をしていた時期、デザートに白玉ぜんざいを出したことがある。市販のぜんざいに、家でつくった白玉を添えただけなのであるが、これは大層な評判を呼んだ。みんな白玉を家でつくるなどというのは信じられないというのである。何が幸いするか全くわからないものだ。昔、バイト先の主人に言われてつくらされた白玉が、この私に料理上手の評判を与えたようなのである。

最近ケーキやパイを焼く女性というのは結構いる。しかし和菓子というと尻込みしてしまう人が多いようだ。和菓子は買って食べるものという先入観があるらしい。そこで私は声を大にして言いたい。和菓子は簡単につくれるものなんだよ。もちろんプロにしかつくれないものもあるが、羊羹やきんつばのようなものは家でつくれる。しかもカロリーはケーキよりもずっと少ない、といいことずくめ。おまけに季節は夏を迎えようとしている。ただ今ダイエット中で口に出来ないから言うわけではないが、これからの季節、生クリームたっぷりのケーキやパイはあまりにも暑苦しくなかろうか。ここは手づくりの羊羹やみつ豆でさわやかにいきたい。つくり方は本当に簡単なんだから……。

　といっても私に何がつくれるはずもない。今までにつくったのは、せいぜいが白玉と芋きんつばぐらいであろうか。しかし「和菓子は本当に簡単ですよ」と鈴木先生もおっしゃっている。

　鈴木登紀子先生。テレビや雑誌でお馴染みの料理研究家だ。雑誌の取材で私は先生からおせち料理を教えていただいたことがある。先生の凄いところは、ひと目で相手のレベルを見抜き、初心者でも失敗しないレシピーをくださることであろう。

　こちらがお願いした水羊羹は、市販の餡を使っている。

「ですけど小豆を煮るところから始めたって、むずかしいことは何もないんですよ。私は小豆を煮るとき、ぐらぐらって強火で煮ます。茹でこぼしたりするとね、何か頼りない品のいいアンコになっちゃうんですよ。ただ、途中でまめにアクさえ取れば誰だってちゃんと仕上がります」

ということだが、市販の餡を使った水羊羹も喉にするりととおって本当においしかった。手づくりのよさというのはこれなんだと思う。私はかねがね、いろんなところで出される水羊羹とビールはいつも冷やし過ぎだと思っている。どちらも喉ごしを楽しむものではないか。

先生がおっしゃるには、型に流し込んで冷蔵庫に入れ、だいたい二時間をめどにすればいいとのこと。

次は白玉みつ豆、ここで私はあらためて白玉のつくり方のレクチャーを受けた。先生は丸めた白玉を最後に人さし指と親指で軽く押さえる。ほんのちょっとしたことなのに、白玉はみるみるおいしいカタチになったではないか。やはりバイトで身につけたうろ憶えの知識など、とるに足らないものだと私は深く反省した。

それにしてもこの白玉みつ豆のおいしそうなこと。私の家でも小さな頃、母がよくつくってくれたものだ。あの頃はミカンの缶詰が大半を占めていたような気がするが、これはキウイやアプリコットも入って豪華版である。これに季節の果物をプラスしたらもっとおいしくなると思うのだが、先生がおっしゃるには普通こうしたものは缶詰を使うのが定石なのだそうだ。

「季節のおいしい果物は、そのまま食べた方がずっといいでしょう」

なるほどそのとおりである。それにしても和菓子というのは全くもってヘルシーではないか。小豆というのはもちろん豆類だし、このみつ豆にしても寒天で出来ている。寒天は海草の中でもすぐれた栄養を持ち、ご存じのとおりノンカロリーだ。上にかける蜜の量さえ気をつければこわいことは何もないと、私はばくばくいただく。先生がおっしゃるには、最近和食の世界では水菓子は果物をさすようになったが、こういう夏の菓子も、もともと水菓子と呼ぶとのこと。

「それにしても盛りつけがよくないわね」

先生はアシスタントの若いお嬢さんたちに注意なさる。

「こんなにこてんと盛りつけたら、ちっとも美味しそうじゃありませんよ」

「あの先生、和菓子でいちばん気をつけなきゃいけないのは盛りつけでしょうか」

「そうです。デザートでお出しする時もちょっぴりと涼やかに盛る。気のおけないお客さまだったら、おかわりございます、って言えばいいんですからね。それからこういったお菓子の場合は温度ですね」

最後にいただいたのは葛（くず）きり。このみつは黒砂糖と白砂糖を混ぜてちょっと煮るのがコツらしい。お店で出す蜜は黒蜜だけを使っているが、こうして白砂糖を入れるとぐっとやさしい味になると先生はおっしゃる。これから夏に向け、この方がくどくなくていいだろう。

「先生、京都の有名なK。あそこの葛きり、本当にひどくなりましたね。つくりおきして団子状になっているんですもの」

「本当、家でつくってても簡単においしくつくれるのに、どうして女の子たちがあんなに押しかけるのかしら」

よし、今年の夏はまたわが家のディナーを再開しよう。私は浴衣を着て、すだれのマットに藍のナプキンというテーブルセッティング。そしてお食後は、今日ここで習った和菓子の数々……。

「ハヤシさん、申し上げますけど、今日つくったものは和菓子というほどのものは何もありませんよ。どれも簡単すぎます」

と先生がクスクス笑われた。

## 和風ケーキは別嬪揃い

私はもちろんケーキが大好きである。若い頃はそれこそ主食代わりに食べた。しかしいま、生クリームを口にする時の、もの哀しい自己嫌悪はなすすべがない。

「私ってこうして、決定的にブタになっていくのね……」

ケーキは食べたい。が、少しでもカロリーの少ないものにしたいという私の願望が、いつしか和風ケーキへとたどりつく。誰でも知っていることであるが、ケーキよりも和菓子の方がずっとカロリーが少ない。かの鈴木その子先生も、和菓子はダイエットに有効であるとおっしゃっているくらいである。であるからして、ケーキと和菓子のハーフであったら、どれだけおいしいだろう、どれだけ安心して食べられるであろうか。

かくしてわが家のテーブルには、ある日ケーキが二十個近く並べられた。一緒に試食するのは親戚の女子大生アッコ。たまたま遊びにきていた彼女は、大量のケーキを見て狂喜乱舞する。わかるワ、私もこの年齢の頃は、ケーキを目の前にすると本当に心が浮き立ったものだ。当時もスマートとはいえなかったけれど、今ほど悲惨じゃなかったものなあ……。

などと最近ケーキを食べるたびに愚痴が出る私。唾がたまり、体はもうケーキを食べる体勢になっているのだが、ひとかたまりの理性が私を押しとどめる。

「駄目よ、駄目よ、それを食べちゃ駄目なのよ」

でも今日は和風だもんね。私はつぶやく。いつもよりカロリーが少ないもんね。が、たいていのものは生クリームがたっぷり使ってある。和風というのはこれに抹茶などが入っているということらしい。らしい、なんて言って、そんなことはとっくに知っているくせに、初めてのふりをしてケーキにかぶりつく私。甘いものを食べる時は自分自身にも演技をしてしまう私である。しかしこの抹茶味の生クリームというのは実においしい。最初に考えついた人はかなりのアイデアマンであろう。

私が食べたのは今や和風ケーキの老舗「銀のぶどう」のものである。抹茶と小豆を使ったトランシュも上品な甘みでよい。梅と柚子(ゆず)のムースも気に入った。このお店はシュークリームが有名で「幻のお菓子」とまで言われているそうだ。デパートの地下でこれを買うために行列が出来る。私も時々人からいただくがそれほどおいしいと思わない。抹茶味のクリームはなかなかのものであるが、皮が薄過ぎて私にはもの足りない。シュークリームのおいしさの半分は皮にあるはずだ。香ばしくて歯ごたえのある皮の方が私は好きである。

さて話を戻し全体的に言えることは、抹茶を使ったケーキはたいていおいしい。ほろ苦さと生クリームの甘さが実によく合うのだ。小豆も悪くないが、餡を使ったものが意外なほど少なかった。餡の味はあまりにも個性的で多くを支配してしまうため、むしろ粒状で使われることが多いようだ。ゼラチンの下からうかび上がる小豆はとても可愛らしく涼し気な効果さえある。量は少しなのに小豆の味というのは日本的だなあとつくづく思う……。

などということを批評しながらケーキを食べていたら、もうこれで四個めではないか。最初の頃は「味見だから」と言って四分の一ずつカットしたものを食べていたのであるが、しまいにはアッコと二人で一個丸ごと食べている。全くこれでダイエットなどと言っているんだから世話はない。

これは結論であるが、和風ケーキはそうカロリーと関係ないような気がする。果物のゼリーならともかく、たいていのものに生クリームが使われているではないか。ダイエットのために和風ケーキを食べる発想がそもそも邪道なのだ。新鮮な感覚でおいしいから和風ケーキを食べる。これでいいではないか。

ところで、私も和風ケーキに挑戦したくなった。私の好みとしては、もうちょっと餡を使ったものを食べてみたい。焼きたてのスポンジケーキに、アンコと生クリームをたっぷりかけて食べたらどんなにおいしかろう。さっそく材料を買いに出かける。

私のようにめったにケーキを作らない人は、スポンジを焼く段階で失敗してしまうことが多い。ゆえに日清製粉のケーキミックスを買う。これに牛乳と玉子を入れ、百八十度の天火で四十分間焼けば誰にでもふっくらおいしいスポンジケーキが出来る。

その上にホイップした生クリームと缶づめの餡を飾った。変わったドラ焼きみたいな味でいくらでも食べられる。これは以前からの私の持論であるが、手づくりのお菓子というのは、焼きたてのまだあったかいうちは、お店で売っているものよりずっとおいしい。しかしいったん冷めると、お店のものと比べものにならないほど不味くなる。だからケーキを焼いたら、家の者たちを大集合させ、急いで食べてもらわなくてはならない。この点手づくりケーキとスパゲティはよく似ているのである。

私ひとりでホールの1/4は食べたかしら。餡と生クリームというのも相性ぴったりだ。昔、大学生だった私は、テニスの練習の帰り必ずといっていいほどクリームあんみつを食べた。アイスクリームと餡の混ざり合うさまは絶妙といってもよく、それと私のケーキはよく似ている。ただ欠点といえば見栄えがよくないことだろう。

この点市販の和風ケーキはどれも別嬪(べっぴん)揃いだ。ケーキの華やかさに、しっとりとした日本娘の愛しさを加えた容姿である。

「うーん、やっぱりハーフはキレイ」

私はひとり頷いたのである。

# 日本酒を開拓しよう

夏のビールは本当においしい。まず喉が、「ビール、ビール」と叫んでいる。その喉をうんと甘やかすようにぐっとひと息、あぁ、夏でよかった、生きていてよかった、ダイエットも何であろう、と思うひとときである。

ところがビールが一本ぐらい空になる頃、どうも舌が重たくなってくる、ということは経験ないだろうか。料理とビールが微妙にずれてくる、という感じなのである。鶏のカラ揚げやコロッケ、枝豆といったビアレストラン定番のメニューならともかく、ちょっと張り込んで行った和食のお店だと、ビールは確実に失速を始めるようだ。

ここでウーロン茶やソフトドリンクに切り替える女性は多いが、ちょっと待ってほしい。夏のこういう食事こそ、日本酒のおいしさを確かめるいい機会である。

ひと頃〝日本酒ブーム〟というものがあり、若い女の子たちも日本酒に手を伸ばしていたようであるが、ブームが去ってみると本物指向のお酒とおじさんだけが残ったようだ。しかし日本酒を深く知るというのは非常に知的なゲームである。産地や蔵元、そして味をひとつひとつ味わいながら自分なりの判断をくだす。それはちょうど香水を決めるのに似ているようである。さわやかなものもあるし、じっくりと濃厚なものもある。

ワインも極めて知的なものを要求するが、あちらはとにかく奥が深いというか、お金がかかりすぎるのではないか。それに若い女の子が、マルゴーがどうの、ラ・トゥールがどうの、というのはあまりいい光景ではない。私はこの点に関してはかなり男性優位論者なのである。ワインの分野は男性にまかしておきなさい、とまわりの女の子たちにも言っている。そもそもワインが登場する食卓というのは、たいていの場合男性がおごってくれる場面である。そこで女の子がリーダーシップをとると、相手に対してちょっと可哀相なことになってしまう。男の人が勘定書きを持つ元気をなくすようなことはしない方がいい。何もたかり上手になれといっているのではないが、ワインに関してはちょっと初々しくふるまった方が賢い。

「わー、これっておいしいわ、ブルゴーニュってフルーティってイメージがあったけれど、これはとってもコクがあるのね」

せいぜいこのくらいにしておきなさい。

そこへいくと日本酒というのは、ぜひ若い女の子たちに開拓してほしい分野である。可愛らしい若い女の子が、

「あ、この店、西の関を置いてある。今日みたいな鱧のお料理にはこれいきましょうよ」

などと口にするのは意表をついている。ワインみたいなイヤみったらしさがない。本当だから。和の方向に若い女の子がどれほどうんちくをかたむけても、決して不愉快な感じを与えない。それどころか意外な知性と育ちのよさを感じさせることになるのだ。

そんなことより何より、夏の宵に、きりっと冷やした日本酒のおいしさ、ちょっと霜のついたガラスの器に酌まれた日本酒の美しさというのは日本人ならではの幸福である。まずは銘酒と呼ばれるものから始めて、その繊細さに気づくようになると、他の酒を飲んでもそのよしあしがわかるようになる。今日は私の好きなものをいくつか挙げてみよう。

まずは「西の関」。このお酒は十年以上前、いきつけのお鮨屋さんで教えられて以来、ずっと私のお気に入りであった。おまけになんて偶然であろうか、ある女性

雑誌の私の担当編集者の実家だったのでもある。大分は国東(くにさき)半島にある蔵元で、東大醸造科卒のインテリのパパが、研究に研究を重ねこれだけの銘酒にした。いい酒は水のようだ、というが、この表現は半分はあたり、半分はあたっていないと思う。銘酒は確かに水のように喉に流れていくが、なんともいえない気品高い芳香はやはり水ではない。

「浦霞(うらがすみ)」もやはり香りを楽しんでほしいお酒である。かなり辛口のお酒で、舌から喉に流れ落ちていく感触が素晴らしい。

蔵元をモデルにした「夏子(なつこ)の酒」というドラマでも知られる「亀の翁(かめのお)」はまず原料になるお米をつくるところから始まった。大変な努力をして、幻の米を復活させ、現在の銘酒につながっていくのである。これも香りが素晴らしく、口にふくむと耳や鼻からふわりとしたものにつつまれるようだ……。

などと三つの酒の特徴を書いたが、どれも「香りがいい」「おいしい」としか表現出来ない自分が本当に哀しい。日本酒ほどその味を表現するのがむずかしいものはないだろう。それぞれ個性を、自分の舌と鼻で味わい、それを表現するしかない。だからこそ日本酒は楽しいのである。

なかなか日が落ちない夏の夕暮れ、好きな人とお鮨をつまんだりする、あるいは懐石料理を食べたりする。こんな時は器ごと冷やした日本酒しかない。大人の女がデイトする場合浴衣はカジュアル過ぎるから、長い襦袢を着けてさらっと麻の着物をまとう。髪もきちんと結い上げ、お化粧も涼し気に。こんな時に日本酒のグラスをつつうと空けると、日本人に生まれて本当によかった、こんな夜を過ごせてよかったという、痺(しび)れるような快感がくる。これはイタリア料理では得られない夏の醍醐味というやつだ。

なお銘酒と呼ばれるものは手に入りづらいものが多いから、もし幸運にも入ったお店で見つけたら必ず試してみることを勧める。

# 知る人ぞ知る日本酒党

最近めっきり酒量が減った。というと今までさぞかし飲んでいたように思われるが、私はイメージほど酒飲みでも夜遊び好きでもない。昔、ぐでんぐでんに酔っぱらった女が、スカートの裾を乱して駅のホームに座り込んでいるのを見るにつけ、ああいう飲み方は絶対にしまいと心に誓ったものだ。ゆえに私は自分の酒量をわきまえ、そう無茶な飲み方をしたことがない。

途中からウーロン茶に替えたのをめざとく見つけられ、

「そういう理性的な飲み方は、皆をシラケさせる」

と人に言われたことさえある。とはいえ、若気の至りの酒というのは確かにあり、差しつ差されつ、気がついたら五人で一升瓶を一本と半分空けていた。またあまりの料理のうまさに、二人でするすると一合瓶をあっという間に八本並べていたということも珍しくなかった。

いま思えば何ともったいない飲み方をしたものだろうか。「久保田（くぼた）」をあんな風にコップでぐいぐいやるものではなかった。私たちのために秘蔵の一本を出してくれたのに、瓶ごと取り上げられてしまった店主の口惜しそうな顔を思い出す。

それにしても日本酒というのはどうしてあれほどうまいのであろうか。私は随分前から「亀の翁」と「西の関」を好物にしていたが、あまりにもポピュラーになりすぎて最近は手に入りづらくなっている。この頃の贔屓は「男山（おとこやま）」「上善如水（じょうぜんみずのごとし）」などであるが、これらもやたら人気が出てきた。酒の好みというのは俳優のそれと似ていて、ふとしたことで目にとまり応援する。人にも吹聴して「通好みね」などと言われて喜ぶ。そのうち彼がゴールデンタイムの主役を張るようになると、嬉しさと淋しさがごっちゃになり複雑な心境だ。急に増えたミーハーなファンが彼の名前を口にするのも嫌。こうしているうちに彼と自分とは遠い存在になっていく。

今のところあまりに有名になりすぎた銘柄は敬遠して、「知る人ぞ知る」酒を飲むことにしよう。が「知る人ぞ知る」酒は、なかなかめぐり会うことがむずかしい。だからこそ棚にそれを見つけた時の胸のはずみよ。

今の季節は冷酒にしてもらう。着物で言えば単衣の酒は「常温」、袷（あわせ）は「熱かん」、そして薄物は「冷酒」と決めている。

鱧の切り落としに箸をつける前に、まずガラスの盃で冷たい酒を三、四杯飲む。この快感を全く何に例えればよいだろうか。心の奥がきりりと震えていくのがわかる。今日も暑い最中よく働いたなあ、よく辛抱して長いこと仕事場にいたなあ……。エライ、エライ。

大人になると誰も褒めてくれないから、こうしてたて続けに盃を重ねる。が、しばらくすると私は盃を置いてしまう。この頃やっとわかったのだ。不味くなるまで酒を飲むなんて、本当に酒に失礼ではないか。舌の働きには限界がある。それがもうまっすぐ酒の味を伝えなくなったらもうそこでやめるべきではないか。

私はたとえ理性的だ、シラけるだの言われようと、断固としてウーロン茶に替えてもらう。冷えたウーロン茶は、よく言われることであるが水割りに見えないこともなく、かなり酔っぱらってきた相手には判別しづらいという利点がある。

以前だったら食事の後はカラオケというコースが決まりであったが、最近いっさいマイクからも遠ざかっている。和を洋に切り替え、二次会は静かなバーでということが多い。カクテルを三杯か四杯、居る時間は一時間以内にそして楽しい思い出を胸に静かに家路につく。

私も大人になったものだなあという自己満足が私の酒の最後の仕上げである。

# 買物の極意を知る女になる

# 南国で買うもの、こんなところに注意

海外旅行先で何を買う？

ブランド商品もいいけれど、この頃もう飽きたっていう感じしません？「ルイ・ヴィトン」の店で行列をつくるおじさん、おばさんたちを見ていると、もう「百年の恋も醒めた」っていう感じ。それに最近は日本人が値段を釣り上げているらしくて、どこで買ってもそう安くはない。つい先日、シンガポールへ行ってきたけれど、日本より二、三割お得という感じだろうか。

その後出かけた韓国なんかもっとひどい。ホテルの隣の免税店にぶらっと見に行ったら、シャネルのコンビの靴が、三百三十USドル！

日本人が人がよくて、やたら買い込むからといってこの、アコギさである。香港での店員の感じの悪さも一向に直っていないし、やはりアジアでブランド品をあさるのは、そろそろやめにしたい。

ヨーロッパの空気の中で、〝地のもの〟を買うならともかく、バンコックやソウルに行っても目の色を変えて、ブティックを探しまわるのは本当に時間の無駄使い。寺院やマーケットなど、他に見るべきものは山のようにあるのだから。

えっ、バンコックのペニンシュラ・プラザで私を見たって？　あ、それはですね、そうして〝敵情視察〟をし、皆さまに情報をお届けするため。値段は高いし、〝ジャスト・ルッキング〟の連発よ。本当だってば。

その代わり私が何を買うかというと、アジアの〝地のもの〟ファッションですね。デパートや市場の商店に飛び込んで、あれこれ選ぶのは本当に楽しい。

嬉しいことに、日本ではエスニックがかなり定着しつつある。

アジアはそうしたアイテムの宝庫である。信じられないほど安い値段で、アクセサリーやコスチュームが揃う。

が、そう野放図に買いまくってはいられない。誰にでも経験があると思うのだが、調子にのって南国で買ったものが、日本に帰ってきたとたん、ただのガラクタになってしまうことがある。まるで魔法がとけたように、愛着と興味を失ってしまうのだ。

それは空気が違うことを、まるで考えていないからである。熱い太陽の下で、あれほど魅力をはなっていた、原色のスカーフや、木彫りのブレスレットが、ただの派手な安物に見えてくる。これはあきらかに計算外というものだ。

私は数々の苦い経験を経て、ある知恵を身につけた。南国でアクセサリーを買う時は、とにかく素材のいいもの、あちらの空気の中では少し地味すぎるかなと思えるもの。この二つを厳守することにしたのである。またシンプルということも頭に入れておきたい。凝った金や銀の細工ものは、日本で見るとかなり野暮ったくなる。それよりも金メッキで、デザインの単純なものの方が後に使いやすい。

さて、これらのことを頭に入れて、七月に出かけたジャカルタで一枚のスカーフを買った。サリナ・デパートで三千円ぐらい。あちらの物価水準を考えると、かなりの高額である。しかし大変上質なシルクで、特別のショウウインドウに飾られていた。

店員は華やかな花柄や、大ぶりのものをすすめたのであるが、私はシックな色彩で中ぐらいの大きさのものにした。

エスニックというのは分量が本当にむずかしい。私のような大人が、頭のてっぺんからつま先まできめると、どうも安っぽくなる。この夏、私はダナ・キャランの黒いブレザーに、よくこのスカーフを合わせた。髪を無造作にひとつにまとめ、ジャカルタ模様のシルクで結んだのである。

　これはまわりにかなり評判がよかったと思う。スカーフを皆によく褒められたと記憶している。

　ところが、あまりにも上質のシルクのため、非常にすべりやすくなっていることに気づかなかった。私はエルメスのスカーフを過去二枚も落とし、涙にくれたことがあるが、このバティック・スカーフもショックだった。銀座のティールームに着いた後で、髪がからっぽということに気づいたのである。

　しかし私は多少たかをくっていたところがあった。世界中のものが何でも揃う日本ではないか。おまけにこの夏は、エスニックブーム。このテのスカーフの一枚や二枚、どこかで売っていると考えたのだ。

　しかし、私の努力は無駄に終わった。南国風のスカーフは、デパートやブティックにあふれていたのであるが、大部分が木綿である。染色も模様もかなり安っぽい。

　もちろんひと夏のお楽しみアイテムとして、こういうものも必要なのであるが、なめらかな手ざわりのシルクを知ってしまったら、木綿はやはり不満が残る。

　そして私はわかったのであるが、ジャカルタにエスニックは存在しない。エスニックというのは、他の国に住む女の概念である。だからこそ、うんといいシルクを使って、草木模様ということができるのだ。

こういうものこそ、本当の贅沢、本当に買ってくる価値のあるものではないだろうか。

失くしたスカーフを探しまわっているうちに、日本は秋になってしまった。私は機会があって十一月に再びジャカルタを訪れることになった。まっ先に行ったところは、もちろんサリナ・デパートである。

しかし私が失くしたスカーフと同じようなタイプのものはなかなか見つからない。四軒まわってやっとめぐり会えた時は、本当に嬉しかった。

## ボーイフレンドへのお土産

先日珍しく、衣類の整理をしていたら、一枚のセーターが出てきた。黒のカシミアですごく上等のやつ。惜しむらくは、袖口のところに虫食いの跡があった。

これはカルバン・クラインのセーターで、十年前に買ったやつだ。当時駆け出しのコピーライターであった私にとって、非常に高価な買い物だった。

確か二万七千円か八千円で、エイ、ヤッと思いきって買ったのを憶えている。

当時、キャリア・ウーマンという言葉は時代のキーワードで、そういう人たちにもてはやされていたのがカルバン・クラインだったのだ。女性誌もやたらと、このデザイナーの特集を組んでいた。

セーターは過ぎた冬のカタチである。夏のアイテムたちはもっと軽やかな思い出を提供してくれるのに比べ、セーターのそれはかなり重い。

いろんな冬があった。カンサイの、どっさり刺繍の入った華やかなセーターを着ていた時もあるし、シンプル・イズ・ベストとばかり、カシミアに凝ったこともある。この時はあきらかに小林麻美(こばやしあさみ)さんの影響である。

しかし、Tシャツと同じように、シンプルなセーターも着こなしがむずかしい。おしゃれでプロポーションのいい人は、黒のタートルをざっくり着ているだけで、きまってしまうところがあるが、私なんかただ野暮ったく見えるだけ。

セーターそのものが〝芸〟をしてくれなくては困るのだ。この二、三年私が凝っているのは、やはりソニア・リキエルのセーターであろうか。日本や外国で買いまくって、相当の数を持っていると思う。ソニアのセーターの衿ぐりは芸術的といってもいいぐらいで、女性の鎖骨がいちばん美しく見えるようにカットされている。この微妙なラインは、日本のコピーではちょっと無理みたいだ。ソニアのセーターを着ると、首がとても長くきゃしゃに見えるから不思議。「痩せたんじゃない」と必ず言われる。

しかしあまりにも値段が高く、それゆえにクリーニングも普通のところでは出せないのが悩みだ。私は西麻布にある超高級クリーニング店に頼むのだが、これが一枚三千五百円もかかる。ビニールに入って戻ってくると、なんだかやたら有難いような、もったいないような気持ちになり、封を開けられないの。かくして、クリーニングの袋のままのセーターはつみ重なり、私は普段毛玉だらけのボロイやつを着ている。

全くこういうことばっかりしているから、私ってファッショナブルというのから遠ざかるのであろうか。

ところで話は全然変わるようであるが、ボーイフレンドへの海外土産、いつもどんなものを買ってる？　こういうのって、女の腕の見せどころだと思いません？

クロスのボールペンといったあたりが無難なところかもしれないが、やはり自分の好きな人には身につけるものを贈りたい。そうかといって、免税店でダンヒルのセーターとかマフラーっていうのはどうもね。

もう何年も前のことになるが、私はつき合っていた男性から、海外出張の土産にスカーフをもらった。セリーヌのスカーフである。私はそれを見て、この男性との仲も長くないナと思ったものである。

「何がいけないの。あの武骨な男が、ブランドスカーフを買ってきただけでもたいしたもんじゃないの」

と友人は私のことを非難したが、その土産は例の機内販売の袋の中に入っていたことに注目してほしい。つまり彼は帰りの飛行機の中で、私への土産を買ったことになる。JALの機内販売では、エルメスのスカーフも存在している。エルメスは二万円で、セリーヌは一万三千円（当時）。つまり男は七千円をケチったわけだ。本当に私のことを思っていてくれていたら、エルメスに手が伸びるのが男のまことというものではないでしょうか。こういうささやかな判断の時に、人のココロはわかるというのが私の持論。

ま、私のように細かいところまでチェックする人も少ないと思うが、ボーイフレンドには、そういう世界から脱け出したものを贈りたい。ブランド品ではない素敵なもの。しかも男の人はエスニックがそう好きじゃないし、女のように着こなし術を知らないからいろいろ大変なんだ。

韓国へ遊びに行った時も、そのことばかり考えていた。いろんなデパートや店も見たけれど、これというものはない。思いあまって向こうで知り合った韓国の方に尋ねた。この方は長年、日本で特派員をしていた新聞記者だ。つまりわが国の情勢に非常によく通じている。

「朝鮮ホテルの地下のアーケードに、いいセーターを売ってます」

彼は言った。

「済州島の羊からとったウールで、島の修道女が編んでいるものです」

空港に行く途中で車を止めてホテルへ行った。本当に小さなブティックで、品物もそう多くない。店にはパネルが飾ってあって、島の娘たちに手編みを指導しているシスターのお姿があった。なんでもこの店の売り上げのいくらかは、福祉団体に寄付されるようだ。

こういう物語があるセーターが私は好き。そう思って見ると、編み目もざっくりしていて素朴さに満ちている。フィッシャーマンセーターや、カナダのカウチンみたいにかさ張っていない。アランセーターといった方がいいだろう。手ざわりが見た目よりずっとやわらかいのも気に入った。

彼のためにラウンド・ネックを一枚買ったら、やはり私のも欲しくなる。もちろん、ペアで着たりはしませんけどね。それで別のカーディガンを買った。ボタンがとても可愛いの。お揃いのセーターを二枚買って帰る私が、どんなに幸せだったか察してちょうだい。

セーターを買う時、好きな人と冬をすごせますようにって、女の子は知らず知らずのうちに、心の中で祈ってるんだよね。

# バッグコレクター

私はハンドバッグに目がない。

もうクローゼットに置ききれないほど持っているというのに、目新しいものを見つけるとつい手が伸びてしまう。

特にこのペルグリーノの、宝石みたいなハンドバッグにはイチコロだ。収納力とか、堅牢さとか、そんなことに関係なく、ただ見た目の美しさで選んでしまう、いわゆる惚れた弱みというやつだ。

私はハンドバッグを買う時に、全く違うことを考える。仕事のためのバッグと、たんに所有欲を満足させたいがためのバッグというのが、この世には存在していると思っているからだ。

まず仕事のためのバッグは、これは結構シビアな目で選ぶ。私は働く女といっても、外に出かけていく職業ではないので、重いスケジュール帳とか、資料などといったものは必要としないけれど、だらしない性格上、堆積されるものが実に多いのだ。後でゆっくり読もうと思っている手紙、皆に見せびらかそうとしている写真、そしてなんだかよくわからないコピー類、三日もすると、バッグはぎっしりと重くなる。

子どもの頃、私のランドセルはいつも、大層重かったものだ。半年前のテストとか、学校からのプリント類がたまり、それを上から教科書が圧縮するので、わら半紙の厚い層が出来上がってしまう。そしてその合間には、給食の残りのパンくずがぽろぽろと……。

あ、いけない。こういう旧悪を自らバラすことはない。

つまり、私が何を言いたいかと言いますとね。私の性格は子どもの頃からまるっきり変わっていない、毎日、ハンドバッグの中を整理する、こまめにバッグを替えるなんてことは、とてもできない人間なのである。

靴は、毎日履いてはいけないとよく言うけれど、バッグも同じことが言えるようだ。

きちょうめんな人は、毎日中身を替えて、よく手入れをするようだが、もちろん私はこんなことはしない。履きつぶすのが靴の感覚ならば、使いつぶすという感じで、バッグを乱暴に使う。

こういう酷使に耐えられるバッグというのを、いつも私は探していて、最近ではダナ・キャランの書類バッグ、名もないイタリア製の黒いバッグなんかがヒットだったと思う。

ま、このテのバッグを選ぶのは、夫を選ぶのに似ているかもしれぬ。丈夫で長持ち、しかも飽きがこない。となると、ふつうのカタチで、しかもしっかりしているのがよい。

反対に愛人バッグというのがある。あまりモノが入りそうもない、それに手荒に扱ったりしたらすぐに壊れそう。おまけにデザインにクセがあるから、着るドレスを選びそう。どんな服にも似合うというわけにはいかないバッグ。

だけど欲しい。他の人に取られるのはイヤッて思って買うバッグが何個もある。グリーンの、真珠のチェーンがついたバッグなんか買ったものの、合う服がどうしても見つからない。プレーンな黒のワンピースにどうかなあと思ったけれど、やっぱりうまくコーディネイトできなかった。

けれど何度でも言うように、どうしても自分のものにしたい。私は今まで全く縁がないけれど、すんごい美少年なんかを愛人にしたら、こんな気持ちになるのではないでしょうか。

とにかくこのテのバッグをいっぱい集め、時々取り出してはニコニコしている私。この他にも私のコレクションの中には、エルメス、シャネルなんかがいくつか揃っている。先日は友人からパリ土産にラクロアのバッグをもらい、ますます充実のクローゼットである。

ところがよく考えてみると、まるっきり使わないエルメスのバッグが、三個もあるんですね。ずっと前パリに行った時、憧れのケリーバッグを本店で買った。けれども大型のオータクロアは、重すぎて使いこなすことができず、あるファッション雑誌の、誌上バザールというのに出した。

話は変わるようであるが、このバザールによって、ギョーカイ人がいかにケチか、よおくわかったわ。私なんかこのエルメスのバッグ、シャネルのロングドレスなどを放出したんだよ。それなのに他の人って、香港土産の竹細工の置物とか、昔使ってたギター、もらい物の香水なんかを出品するんだよ。

アイドルスターなら、パンツのゴムの切れ端から、爪切りまで何でも売れるだろうが、有名人といっても、それはギョーカイ内でのこと。どうってことのないヘア・メイクの人の、学生時代の十三弦ギターなんて、いったい誰が買うっていうんだね。

そんな中にあって、私のオータクロアは、すんごい反響をまき起こしたと思う。知人、友人から電話がかかってきて、なんとかズルして抽選に入れてくれって頼まれたものだ。もちろん、私はそんなことはしませんでしたがね。

しかし今考えると、なんてもったいないことをしたんだろう。私の友人が言うには、ごく最近長い間の交渉の結果、やっと彼がケリーバッグを買ってくれることになったそうだ。そして二人でデパート内のブティックに行ったところ、冷たくこう言われたという。

「いまご注文いただいても、お渡しできるのは三年のちになります」

それほどの人気だという。

「本当にあなたって、十か月先を行く大家ね」

と友人。

「トレンドをつくり出すほどセンスや才能はないけど、ふつうの人よりちょっと早く情報をつかんで、すぐにとびつくミーハー精神と小銭があるのよ」

これって、ほめ言葉だと思いますかァー。

# 憧れのロングヘア

地方の講演などに行くと、驚かれることが多い。

「えーっ、ハヤシさんって髪が長かったんですねー」

イメージというのは恐ろしいものである。髪を長くしてもう四年近くたとうとしているのに、多くの人々の中で私は相変わらずショートカットで、パンツルックらしい。

いま私の髪は、肩の少し下あたりまである。あまりにも長い髪は不潔ったらしいし、だいいち手入れが大変だ。アップに結える、ちょうどいい長さということで、これに決めている。しかしここに来るまでには、本当にさまざまな思いがあった。私は揺れる髪をはらいのけたりする時、さまざまな感慨にふけるのである。

ずうっと長いこと、ロングヘアに憧れていた。流れるような、さらさらと音をたてるような髪を持てたら、どれほど幸せだろうかと十代の私は考えたものである。

それなら髪を伸ばしたらいいと、人は言うかもしれないが、私は不幸なことに生まれながらにして長髪不適格者であったのである。

まず髪が太くて多い。今考えるとあの頃というのは、生命力が隅々まで漲っていたのだろう、からだ全体が脂っぽかったような気がする。

現在はほとんど無縁となったフケは、はらってもはらってもセーラー服の衿にたまる。すぐ汗ばんでしまうしつこいニキビは、つぶしてもつぶしてもすぐ顔を出す。男子高校生が、いかにクサくて汚いシロものかということはよく言われるが、思春期の女の子だって同じことだろう。だからこそ、ゴクミみたいな美少女は、ひときわ目立つのである。

話はそれたが、私の髪の毛の荒々しさは、今でも語りぐさになっているほどだ。授業中、退屈しのぎに一本抜き、下敷きの上に載せる。そしてカッターナイフを使い、つうっと半分に切断する（タテにだ！）。つまり肉眼でそのくらいのことが出来る太さだったのだ。太いから当然固い。指の間にはさむとピーンと立った。よせばいいのに友人に見せたところ、

「なあに、これ。まさか人間の髪の毛じゃないでしょうネ」

と言われたほどである。

美容院にカットに行けば、多すぎるから梳くように言われる。ショートにもかかわらず、梳いた髪で、床の上にたちまち小山が出来た。

「わー、すごい、ちょっと見て」

美容師が他の仲間を呼んできたりして、私は相当心が傷つけられた。自分が見せる分にはいいが、人が勝手にこういうことをすると腹が立つ性格なのである。

だが、そうはいっても、しゃれっ気も少しであるが芽ばえてきて、あれこれ雑誌を開く。私の通っていた高校はパーマ厳禁であるから、選択幅はあまりない。ロングにするか、ショートにするかの違いなのである。その雑誌にはパーマなしでも出来る、とても可愛い髪型が載っていた。額を真ん中から分け、左右に小さく結んでリボンをつけるというやつなのだ。

私はさっそくトライし、そして愕然とする。髪が濃すぎるあまり、私には額というものが存在しないではないか。ちょっと髪を伸ばし始めると、えり足のところがピーンと四十五度に立つ。仕方なくひとつに結ぶと、まるで髷のようになる……。

さまざまな試行を繰り返した揚句、私はついにあきらめ、それから十年間はショートカットの人生を歩み始めるのだ。だが少しずつ時代は私に味方してくれるようになった。テクノが流行り出し、おしゃれな人はみんな髪を切るようになったのである。それが進み、刈り上げなどというものが世に出まわった時も、私は素直に従った。コピーライターという、それっぽい仕事についていたこともあり、私はもう長い髪に執着しなくなった。

いや、それはうわべだけのものだったかもしれない。私の奥深いところでは、ずうっと長い髪に対する憧れは、息をひそめていたのだろう。

ショートのボブが次第に伸びていって、いつしかロングになっていった頃、世の中の流行も大きな変化を見せた。D・Cブランドのアヴァンギャルドな魅力より、シャネルやエルメスのエレガントさが、女の子の心をとらえるようになったのだ。ちょうどパリに仕事に行っていた私は、やたらパリブランドを買うようになった。私のクローゼットが一変したのと、パーマをかけたのとでは、どちらが早かっただろう。

いきつけの美容師が、こう言ったのだ。

「少しパーマをかけたらどう？　フケるようなことはないわよ。その方がヘアスタイルがまとまりやすいから」

実に八年ぶりにパーマをかけた私はまたもや感慨にふける。大人になった私は髪の毛が一変している。そのことがパーマによってはっきりとわかったのだ。もはや私の髪は頼りないほどやわらかく細くなり、量が少なくなった。

　年増になり、肉体上の変化はいくつかあるが、悩みの質が陽極から陰極にはっきり変わった例は初めてである。

　そして今私は、髪との蜜月を存分に楽しんでいる。どこかおでかけするたびに美容院へ行く。ドレスによって、アップにしてもらったり、大きなウェイブをつけてもらう楽しみは、ショートの時にはなかったものだ。

　そして私は〝髪飾りフリーク〟となった。海外へ行ってもこればかり買っている。いってみれば、やっと手に入れた恋人への贈り物といったところだろうか。

　髪飾りはやはりヨーロッパのものがいい。アメリカとなると、健康ハツラツの安っぽいものしかない。そして思い出と一緒になったたくさんの髪飾りの中から、私は毎朝ひとつを選び出す。

　しばらく私はロングヘアを続ける。

# 骨董屋で見つけた本物

バンクーバーに夏の家を持って、もうだいぶたつ。

古くてやたらだだっ広い家は、石と木を使った六〇年代カントリー風だ。家具は揃えたものの、どうせ年に一回使う家と、インテリアは無視していたところがある。ところが桐島洋子(きりしまようこ)さんのおうちを見て、考えが変わった。桐島さんもやはりバンクーバーに古い家をお買いになったのだが、全面的に改装された。

その素敵なことといったらない。アール・デコのコレクションを見せるための、さながら小さな美術館のようなのだ。鍛え抜かれたセンスと美意識、そして美術商のご主人がいるからこその、この素晴らしさなのであるが、軽薄な私は、すぐに真似ようとする。

桐島さんのようにいくわけはないが、せめて壁に絵を掛けようと思いたったのだ。外国人は日本人と違って、のっぺらぼうの壁をひどく嫌う。人によっては大きな絵をひとつ、というのではなく、小さな額をいくつも飾ったりする。ああいうのに挑戦するのも悪くない。これだけのスペースである。どんな絵でも掛けられそうだ。ちょっとした彫刻やオブジェだって欲しい。

かくして私の美術店めぐりが始まったのだ。とはいうものの、高価なものが買えるはずはない。

「とにかく壁ふさぎ、壁ふさぎ」

とつぶやきながら、いろんな店をまわる。が、いくら壁ふさぎといっても、趣味というものはある。このバンクーバーというところは、その点において、ちょっと恵まれないところであった。香港チャイニーズの移民がやたら多いこの街は、中国風の絵が幅をきかせている。竹林とか、ラッコが水の間からニコッと顔を出している日本画風といおうか、中国風といおうか、全く私の趣味に合っていないのだ。

私はごくあっさりした水彩画とか、エッチングを望んでいたのだが、そういうものがどうも見つからない。

ところがリカーショップへ行くために車を止めたら、その前が骨董品屋さんだったのだ。夫がビールを買っている間に、中をあれこれ見た。

私好みの、イギリス風のエッチングを二枚買った。どれも一万円足らずのものだが、額もなかなかいいものである。

次の日もその店に出かけた。地下室もあって、かなりの品物が並んでいることを発見したからだ。

店の一階の奥は、比較的高級品になって、アンティックの食器や、高価な油絵が並んでいる。その中でもひときわ目立ったのが、ライトを浴びて輝いていたロートレックのリトグラフである。

「あの絵、いいなあ」

夫は近づいていって額を見る。下には画集が置かれていて、これは五十枚刷られたうちの二番目のものだと記されていた。

「これ、お幾らですか」

主人に値段を聞いたところ、かなりのものであった。

「ダメ、ダメ、高すぎるわ。私、〝壁ふさぎ〟を探してるんですもの」

と日本語でつぶやいたところ、どうやらニュアンスは伝わったらしい。

「ぜひ、これを見てほしい」

と彼は奥から別の絵を持ってきた。ゴーギャンの石版画だという。女の子が本を読んでいる絵であっさりしたものだ。値段はこのロートレックの何分の一かで、不思議なことに私はなんだか得をしたような気分になったのだ。

「買ってもいいけど、鑑定書をちゃんと見せてほしい」

「OK、明日用意する」

などというやりとりがあった後、家に帰ってきたのだが、どうも寝つかれない。即断した後、いじいじ悩むのは本当に私のいけないところだ。

突然、私は素晴らしいことを思いついた。どうして今まで気づかなかったんだろうと、とび上がった。

明日の飛行機で、桐島さんのご主人、美術商をしている勝見さんがいらっしゃる。勝見さんにちょっと見てもらうのはどうだろうか。だが、いくら眠れないほど悩んでいるといっても、ゴーギャンの絵はプリントで、ン十万円のものである。名画を見慣れて、何億というものを扱っているプロに、鑑定を頼むのは失礼というものだろう。

しかし、やはり偽物をつかまされるのはご免だ。親しいのをいいことに、私は勝見さんにお願いすることにした。

「へえー、バンクーバーでゴーギャンねえ。それも見ものですなあ」

電話で伝えたら、ちょっと笑っていらした。どうやら期待しない方がいいらしい。

親切な勝見さんは、私と一緒に店に行ってくださったのだが、案の定、ゴーギャンを見るなり言った。

「ひどいよ、あれ。本のさし絵に使うんで、やたら数多く刷ったやつだ。パリで五万円で売ってるよ」

そうですかあと、がっくりする私。が、その時、勝見さんの目が光った。

「すごいよ、あれ。本物のロートレックだ。とてもいい絵だ。よくバンクーバーなんかにあったよな」

恥ずかしい話であるが、私はガバッという感じで、こちらの絵に手をかけたのだ。

「これにするわ！」

そしてバンクーバーには置かず、日本に持ってきた。来た人に、値段とロートレックを言いふらす。こんな私に、絵を持つ資格はないとしみじみ思うが、ま、仕方ないか。

## 新しいクロスでディナー

前からスペインは、私の大好きな国であった。ヨーロッパの田舎と言う人がいるが、それだからこそ、素晴らしいものが山のように残っている。グラナダのような観光地でもそうだ。

グラナダというと、名高いアルハンブラの宮殿があるところである。陽が暮れてから、ホテルのベランダに立つ。高い建物などほとんどない。昔のままの静かな村が薄い闇の中に沈もうとしている。そして教会の鐘が、力強く鳴り始めた。まるで映画の一シーンのような光景に私はうっとりしたものだ。

それにスペインの人たちの、やさしさといったらどうだろう。トレドの街へ行く途中のこと。一緒にいたカメラマンが、車の中で、「ああっ」と叫んだ。今通り過ぎた農家をどうしても撮りたいというのだ。古い農家の納屋から、主人らしい人が出てきた。中を快く案内してくれたばかりでなく、カメラマンの欲しがる三百年前の鋤や鍬もどんどんくれる。おまけに自分のメロン畑に連れていってくれるのだ。

「うちのメロンはおいしいから、もっと食べなさい」

主人も、雇い人たちも、皮をせっせとむいて、私たちに勧めてくれる。そしてお土産に車のトランクいっぱいにメロンを詰め始めた。もちろんお金なんかとらない。

「写真が出来たら送ってくれよな」

などと手を振ってくれた素朴でやさしい人たちがスペイン人であった。

しかしあれから数年近くたつ。オリンピックも開催され、スペイン人の気質も、お国柄も変わりつつあるといろんな人から聞いた。

だから今度のスペイン・バルセロナ旅行もあれこれ心配していたのであるが、不愉快なことは何ひとつ起こらなかった。ずっとあちこちまわってくれた運転手のペトロは、誠実なハンサムだったし、ゆきかう街の人たちものんびりとした表情だ。スリやかっぱらいが多いといわれる地域も、物騒な臭いは何もない。

取材のために出かけたスペイン村では、皆さんから温かい歓迎をうけた。スペイン村というのは、日本の明治村のようなもので、各地の古い建物が再現されている。フラメンコレストランやバーもあって、この中で一日中楽しめるシステムだ。

古い建物を改造した小さなブティックが、何軒かおきに看板を出している。香水屋さん、フラメンコのショール専門店、石版画の店、ひとつひとつ覗くと本当におもしろい。中でも私をひきつけたのは、レースのお店だ。品のよいおばあさんが、ひとりで留守番をしていた。

ひっそりとしていて、やや薄暗い店の中で、レースの白が輝いて見える。ハンカチ、ブラウス、子ども服、どれもが大層手の込んだ手芸品ばかりだ。

私はレースに目がない。今はもうやめたが、海外旅行をするたびに、レースのハンカチを記念に買ってくるのがならわしだった。ベルギーの、まるで芸術品のような精緻なハンカチ、北京で買ったスワトウ、イタリアのレースのデザインも非常に凝ったものだった。

けれどもスペインのレースの、この素朴さのやさしいぬくもりはとてもいい。デザインがいまひとつ垢抜けないかなと思うものの、いかにも家庭用品という感じがする。しかもベルギーやパリのものとは、比較にならないほど安い。私は六人掛けのテーブルクロスとナプキンをさっそく買い求めた。

テーブルクロスといえば、これまた私の好きな領域だ。世界のいろんなところで、私はこれを買い集めたことがあるのだ。香港でセミの羽のように薄い、オーガンジーのクロスを手に入れたのは、四年前だっただろうか。ベルギーレースのものも、アメリカン・カジュアルのものもある。

　私はテーブルクロスぐらい、便利な食卓の脇役はないと思っている。買ってきたフライドチキンとパンだけでも、素敵なディナーになるのだ。

　私は以前、近所に住んでいたお金持ちの奥さんから、テーブルクロスを使うコツを習った。それによると、ケチケチしたら、絶対にいけないんだそうだ。汚れたらどうしよう、洗たくがめんどうだ、などと思ったら、つい、ヌードのテーブルにしてしまう。

　使ったら、次の日はナプキンごとクリーニング屋さんに出す。毎日使うわけでもない、せいぜいが月に二回ぐらいのことだ。全部思いきってクリーニングする。こうしているうちに、とっても気が楽になってくる。

「そう、明日、クリーニングに持ってけばいいんだもん」

　こう思うと、クロスを使うのが、そうおっくうじゃなくなってくるのは本当だ。

「それから下にマットを置くのを忘れないでね。クロスをしていても、あれをしてない家って多いの。お皿を置くたびに、ゴツゴツした感じになるわ」

　彼女の教えを、私は常に実行している。ただし私は、彼女のような優雅な奥さんではないので、ついせこくなるのは仕方ない。友人がちょっとワインでもこぼそう

ものなら、

「あー、大変、大変、すぐにふいてぇー」

とわめき出し、皆に嫌な顔をされる。しかし仕方ない。とっておきのテーブルクロスというのは、ブラウスみたいなものだ。ちょっとでも汚されないかと、たえず目を光らせている。

このスペインのテーブルクロスも、そうした一枚になりそうだ。スペインのお酒もあるし、この上でパエリアでも食べようかしら。新しいテーブルクロスを買うたびに、ディナーをするのは、わが家のならわしだ。

# 自慢の洋食器に合うカトラリー

うちにはナイフとフォークが、五本ずつあった。どれもバラバラの半端ものだ。しかし買った記憶がない。いったいこれらのものは、どのようにしてうちにやってきたのだろうか。

もしかしたら、と私は考える、ずっと昔、ひとり暮らしをしていた頃、ボーイフレンドがごはんを食べにやってくる時があった。気取ってハンバーグか何かつくり、その際、あわてて近くの金物屋へ、ナイフとフォークを二本ずつ買いに走ったのではないだろうか。

少しずつ思い出がよみがえってくる。アパートのテーブルの上、紙ナプキンにサラダボール……。そうするとこのナイフとフォークは、たび重なる引越しにもめげず、けなげに居残っていたことになる。エライ、エライと、誉めて撫でまわしたいところだが、今日はそれどころではない。かなり力の入ったディナーをすることになっているのだ。

私は食器のコレクションには自信がある。テーブルクロスだってすごいと思う。

しかしナイフとフォークが、これじゃあね……。

その時、ふとひらめくことがあった。結婚の前後、何人かから商品券をいただいた。あれを合わせると、豪華なナイフとフォークが買えるかもしれない。豪華なそれ、というとやはりクリストフルであろうか。そう、昔から銀製品といえば、クリストフルに決まっている。

今はステンレスのものがほとんどだろうが、ちょっとしたレストランでは、どこもクリストフルだ。レストランでの食事の際、ずっしりとした重さにそうだろうと見当をつけ、柄の上あたりを見ると、小さく光るクリストフルの文字……。

今までいい食器が揃っているわりには、なんかビンボーたらしいわが家のテーブルだと思っていたが、そうだった、ナイフとフォークが欠けていた。いつまでも半端もんのこれではいけない。おまけに昔の男の影が漂っている。夫に使わせるというのは、やはりマナー違反というものだろう。

おまけに今日の客というのの中に、一人グルメが混じっている。最近多いのだが、若いくせにワインや料理のことにやけに詳しいタイプ。彼はワインを極めるために、ずっとそのテのスクールにも通っていたそうだ。

こういうのが来るとなれば、やはり気を使う。料理はメインのビーフシチューだけは手づくりにし、後のものは専門店で買ってきたスモークサーモンやパテの予定だ。そうなってくると、やはり食器のよさで誤魔化すより他にテはなさそうだ。

よく女性雑誌のグラビアに載っているではないか。

「テイクアウトの料理も、盛りつけ次第でこんなにおしゃれに」

そうだ、やっぱりクリストフルを買おう。

ためておいた商品券を数えたところ、三越デパートのものが十万円近くあった。しかしこれで何本買えるだろうか。

私はディナーの準備で忙しかったので、秘書のハタケヤマ嬢に行ってもらう。もし足りなかった時のために、少しお金も渡しておいた。

約四時間後、彼女は、「ああ、気持ちよかったァ」とつぶやきながら帰ってきた。

「日本橋三越の、あんな豪華な売り場で、堂々と買物出来るのなんか初めての体験ですからね」

彼女の報告によると、

「クリストフルのディナーフォークとナイフ、それとスプーンを六本ずつください、って言った時、お店の人は〝ええっ⁉〟って感じでこちらを見たんですよ」

ちなみにこの時の彼女の服装は、オレンジ色のコートに黒のパンツ。もちろん貧し気ではないが、普通の女の子といった感じだろうか。店員さんはおそらく親切心からこう言ったらしい。

「このナイフとフォークは、大きなテーブルと、直径四十五センチ以上のお皿がないと似合いませんよ」

「テーブルなら大きいです」

ハタケヤマ嬢は胸を張って答えた。確かにうちのサザビーのダイニングテーブルは、六人掛けの大きなものである。

「食器もそれなりのものでないと」

「たくさんあります」

「どんなものですか」

ここでハタケヤマ嬢は絶句した。ロイヤル・コペンハーゲンとかローゼンタールといった名前が全く出てこなかったのだそうだ。だから叫んだ。

「銘品が数々！」

この話を聞いて、私はお腹をかかえて笑ってしまった。生まじめな彼女が、一生懸命答えようとしているのが目に見えるようだったからだ。

ピンクのクロスに、オーガンジーのクロスをふわっと重ねて、卓上はバラを飾った。青い花模様のコペンハーゲンにこれまたオーガンジーのナプキン。そして燦然と輝くクリストフルのナイフとフォークの美しさといったらどうだろう。

それにしても私のテーブルコーディネイトのうまいこと、お勉強すれば第二のクニエダヤスエさんになれるかも……。

などと考えているところに夫が帰ってきた。

「何だよ、この汚さ」いきなり怒鳴られた。

「テーブル飾っても、まわりに紙袋やダンボールが散らかってるじゃないか」

「やってもらおうと思って待ってたのよ」

「全く仕方ねえな」と、ぶつぶつ動き出す。

「それにしても、いい食器だけは持ってんだから。片づけもろくに出来ないくせに」

「仕方ないでしょ、私はさ金持ちと結婚するつもりで、いろいろ集めといたのよ。だけど目算はずれちゃったけどさ」

あわやクリストフルのナイフを振りかざすケンカとなるところだった。

## 「バハラオタク」推薦のテレビ

一時期テレビを全く見ない時があった。私はどうしてだろうかと考える。ひとり暮らしを始めてから、テレビはずうっと私の友であった。家にいる時はたいていかけっぱなしにしていたはずだ。

それなのにテレビを見なくなってしまったのはどうしてなのだろう。そして私はすぐにその理由に気づいた。部屋が広くなったからなのである。

ビンボーなOLをしていた頃、私の住んでいたのは六畳にキッチン付きという間取りであった。家に帰ってきて洋服を脱ぐ。その足元からのびたところにテレビはあったはずだ。ものぐさな私は、足でスイッチボタンを押した。それからテレビの音を聞きながらキッチンで料理をつくる。

今どきあんなビンボーたらしいことをする人はいないだろうが、あの頃の若いのって、コタツをオフシーズンはテーブルにしていたはずだ。六畳にベッドとチェストを置くと、必然的にテーブルの位置はテレビとベッドの間になる。テレビと向かい合って、でれでれと夕飯を食べた。その後はベッドに横たわって雑誌をめくったり、またテレビを見る。

ところがある時から、私はわりと広い部屋に住めるようになった。そう、部屋が二つあるところ、つまり2LDKというやつだ。

そうなると私の不精な根性は、別の行動をとるようになった。外から帰ってくると、リビングルームへは行かず、すぐに寝室に入り、ベッドに寝そべる。テレビのあるリビングルームは暗くて寒いし行く気がしない。

かくして私のテレビ離れが起こったのだ。

「テレビの視聴時間と、部屋の広さとは反比例する」

私はこの真理を見つけ、えらそうに人に言いふらしていたのだが、

「本当のお金持ちって、ベッドルームにもテレビが置いてあるわよ」

と言われ、しゅんとなってしまった。

とにかく私はテレビを本当に見なくなってしまったのだ。その頃から自分自身もテレビに出ないようになった。その理由は、リビングに置いた二十六インチ・ハイビジョンにあるだろう。

あまりにも画質がいいために、あれはアップになると女優さんの毛穴のひとつひとつまで見せる。私はあれを見て、本当にぞっとしてしまった。キレイな女優さんでさえ、二十六インチだとアラがはっきり見えるのである。私なんかどうなるのだろう。

「やっぱりシロートは、テレビに出てちゃらちゃらやるもんじゃない」

私はそう自分に言いきかせるようになった。テレビで私のことをあれこれ言われるのにもうんざりしていた。

「テレビに出ないようにすれば、テレビで噂されることもない」

私はこの考えにいきついたのであるが、どうもうまくいっていない。この三年間、勝手に撮られる以外は、ほとんど出演したことないのに、今でも私は「テレビによく出ている人」というイメージがあるようだ。こういうキャラクターって本当に損ね。

ところで私とテレビとの蜜月が再び始まる時が来た。なんとそれは結婚がきっかけであった。

「人は結婚するとテレビをよく見るようになる」

これは案外あたっているのではないだろうか。結婚すると出来るだけ二人でいたい。そうかといって外で食事するような設備投資はもう無駄というものだろう。こうして家でゴロゴロするようになるのだが、結婚して三か月もたつと、喋ることはつきてしまう。所在なくなってしまうのだ。

恋人でいる時、喋ることがなくなるとシラけるものであるが、夫婦だと何とも感じなくなってしまう。お互いにそんなサービスしなくても、なんとかもつのが夫婦なんだ。

そして二人で何をするかというと、一緒にテレビをでれでれ見る。これが結構楽しいんですね。

「オレ、この女優好きなんだ」

「えー、趣味悪いー」

などとあれこれケチをつけたりしながら画面に見入る。最初の頃はせっせとレンタルビデオに通ったりするが、それもめんどうくさくなってテレビをつけっぱなしにするのが、おおかたの夫婦みたいだ。

ところでわが家のリビングルームは、結婚を機にちょっと変えた。えーと、図を描かないとわかりづらいと思うのだが、窓際のところにソファセットがあり、そこに大きなテレビが置かれている。

結婚してわかったのである。夫は〝おたく〟であった。土日は楽しそうにパソコンを叩いている。たまに車で出かける先は秋葉原。

「ボクは〝バハラ〟おたくなのさ」

本人も言う。なんでもいろんな電器店をまわって、新製品を見るのが好きで好きでたまらないんだそうだ。彼は二十六インチのテレビをさっそく三十四インチに買い替えた。

「これ以上大きくなると、粒子がちょっと荒れるんだ」

などときいたような口をきく。しかしかなりの大きさのテレビは、来たお客を驚かすのは確かであった。三十四インチはまだ珍しいらしい。

私と夫は毎晩お紅茶を飲みながらこのテレビを楽しんでいた。三十四インチ以外にも小さな液晶テレビを寝室に持ち込み、ニュースを見たりする。まあそれなりに楽しいテレビライフをおくっていたのであるが、ちょっとした問題が持ちあがった。

私は結婚を機に、ソファセットと、食事用テーブルをさえぎる食器棚をつくった。朝テーブルの方で食事をしていると、この棚が邪魔してほとんどテレビが見られないのだ。からだをよじって見ようとする私に彼が言った。

「バハラで、すんごく綺麗な液晶テレビを見つけたんだ。銀色ですんごくカッコいい。このテーブルに置くやつだから、家計費から買ってよ」

私はそんなにテレビを見ないからイヤ、などといろんな折衝の末、私はテレビの金額半分を出した。いまそれはわが家のダイニングテーブルの上にある。

湾岸戦争の時、これはどれほど活躍しただろう。朝起きるとまずこのテレビにスイッチを入れるのが習慣となった。そして戦争が終わった後、私には全く新しい習慣が出来た。夫を送り出してから、このテレビで、朝八時半のワイドショーを見るのだ。

朝はいつまでもテレビの前から離れない。どうしよう、今までも週刊誌と耳情報で「マリコ芸能記者」と言われてきた私だ。

これ以上詳しくなったらどうしたらいいんだろう、などと思いながらテレビの前に居続ける私だ。

# 青山までの散歩道

散歩というのは、都会に住む人の習慣であろう。田舎の人から、散歩という言葉をあまり聞いたことがない。最近はどこへ行くのも車を使うというものの、田舎の家というのはやたら離れている。

郵便局へ行く、スーパーへ行く、近所に回覧板を持っていくと、なんだかんだで歩くことが多い。私などもたまに実家へ帰ると、一日中歩いていることがある。幼馴染みの家や、親戚の家というのは車で行く距離でもなく、東京でいうと、地下鉄の駅ふたつ分ぐらいだろうか。土産にケーキでもと思うと、その店がまた結構遠いのだから、本当に歩く。

ところが東京へ帰ってくると、それこそ私は〝座敷わらし〟になってしまうのだ。マンションの一室で閉じ籠って仕事をしている。ＯＬと違って電車に乗って通勤することもない。

それに私の住んでいるところは、原宿の真ん中という、便利極まるところなのだ。JR、地下鉄、どちらも近いのである。

最近運動不足を痛感して、再びゴルフを始めた。しかし重要なことは日々「歩く」ことだと人に教えられ、かくして私の散歩の日課は始まったのである。

毎日六時になると、私はペンを置き、夕飯の買物に出る。すぐ近くにも小さな商店街があるのであるが、わざと「青山の紀ノ国屋スーパー」まで行く。ここはいい品物がある代わりに値段がおそろしく高い。だから野菜は近くで買ったりと、いろいろ考える主婦の私である。

とにかく青山まで歩くということが重要なのだ。フラットシューズを履き、表参道に向かう私。この界隈はご存じのとおり、東京でいちばん流行がわかるところであろう。

キディランドのウインドウの前にはいつも可愛い女の子がたむろしている。

「へぇー、やっぱり若いコは流行がきまるワ」

と感心する私は、スッピンに眼鏡というさえないスタイル。まあ、地元ということで許してもらおう。

そして青山通りにたどり着き、お金がない時は富士銀行でいくらかおろし、「紀ノ国屋スーパー」へ入る。私はこのスーパーが大好き。アメリカやカナダへ行くと必ずスーパーへ行く私であるが、この店はそれに日本的な繊細さを加えたところがある。品物の豊富さ、贅沢さはおそらく世界でいちばんではないだろうか。

時間がある時は、缶詰や瓶詰のところをじっくりまわり、外国製のラベルを観察する。ここのところ忙しくて無理だけれど、料理の本に出ていたあのラザニア料理にきっと挑戦してみたい。その時はこのスパイスとモッツアレラチーズを使うんだわと、キッと見たりもする。

もっと時間がある時は、京都から直送された生麩（なまぶ）や葛などを見たりする。このスーパーへ行く一時間前後が、私のウィークデイのただひとつの娯楽になることが多い。物書きなんて、本当に娯楽のとぼしい仕事だ……。

さて、スーパーを出た後、まだ時間があるようなら、別の店へと寄り道をする。この頃必ず行くところはレコードショップだろうか。

恥ずかしながら流行に弱い私は、モーツアルトやオペラなんかのCDをここで探す。最近は夢中になりすぎて、一時間近くたってしまったことがある。春の終わりだというのに暖房をきつくかけるところだったから、家に帰ってみると、ふんぱつして買ったステーキ肉の色が変わりかけているではないか。知らん顔して夫に出したが、別にお腹をこわさなかったようだ。

この店とそう遠くはないが、青山通りに面して小さなギャラリーがある。和菓子屋さんの片隅を使った小さなところだけれど、私はここをごひいきにしている。

つい先日通りかかったら、今年、芸大大学院陶芸科を卒業した学生さんたちが、展覧会をしていた。発想や色がユニークで、しかもとても安い。ふだん使いに楽しく使うにはぴったりのものが並んでいる。

ちょうどその前の日は、友人の結婚祝いを選ぶために、有名デパートの食器売場を見てまわったところだった。食器のあまりの高さに、へきえきしていたばかりだったのである。

こんなにおもしろい器が千円台で買えるなんて、彼らが学生だからだろう。現に半月後、芸大をとうに卒業した人たちの作品展があったが、つくるものは平凡なものばかりで、その代わりに、値段はつり上がっていた。

さてギャラリーを見ていたら、柿色と萌黄(もえぎ)色の皿が目に入った。ミート皿にしてはかなりの大きさである。

「これ、何に使うの」

と尋ねたところ、

「本人は、最初スパゲッティ皿にするつもりだったようですけど……」

店番当番らしい、女子大生が教えてくれた。するつもりだった……ということは、本人も途中で気が変わったようだ。確かにこの二枚の色は、食べ物を盛るには色が濃すぎる。スパゲッティだったら、合うのはバジリコぐらいだろう。トマトソースや生クリームの色は、皿の色に負けてしまうに違いない。

そうかといって、この皿を飾り皿にするには、あまりにも仰々しい。何に使っていいかわからないまま二枚買う。

そのうちタニシの絵が描かれた鉢も欲しくなってきた。これにはお揃いの小皿もあって、一匹だけ方向が違って、知らん顔しているタニシが可愛い。

「つくっている奴が、かなりヘソ曲がりの、変わっている奴でして……」

同級生の男のコが説明してくれた。

そのヘソ曲がりの彼がつくった鉢は、いまうちのテーブルの上にある。オレンジを盛ったら案外似合って、なかなかいい風情だ。

こうして散歩によって、私はお気に入りのものを、少しずつ探している。

# 外国で見つけるジャパネスク

またバルセロナへ行ってきた。今度は少し足を延ばし、マヨルカ島や、車で一時間ほどの避暑地、ヨルト・デ・マールの方までゆっくりと旅する。

ここで私はひとつの目的があった。小さな岬のてっぺんに、これまた小さな礼拝堂があるのだ。中には船の模型がいっぱい奉納(でいいのか?)されていて、海の安全と豊漁を祈る場所だということがひと目でわかる。

その傍には、典型的なスペインの家のつくりをした、古びたペンション兼レストランが建っている。昨年の冬に来た時は、さっと礼拝堂を見るだけだったのでとても心残りで、次は絶対にご飯を食べようと決めていた。

だから海が近づくにつれ、運転手さんに頼んだものだ。

「ねえ、このあいだ連れていってくれた教会にお願いします」

「えーっ、何のこと」

昨年と同じハイヤーの運転手さんなのだが、教会のことはほとんど記憶にないという。きっとスペインではありふれた場所なのかもしれない。

「ほら、大きな大きな木があって、石の手すりからは海がよおく見える。小さな礼拝堂の鍵を持っているのは、宿屋のおばあさんで、機嫌がいい時じゃないと見せてくれない……」

あれこれ特徴を言いたてたら、やっと「わかった」と車の方向を変えた。

約七か月ぶりに見る礼拝堂とレストランは、このあいだの冬よりはるかに美しい。葡萄(ぶどう)棚が真新しい葉をつけ、テーブルに薄い影をつくっている。店の人はみんな私たちのことを憶えていた。

「ごはんを食べにまた来ました」

と言うと大層喜んで、葡萄棚の下に席をつくってくれる。青と白の大きなチェックのテーブルクロス。日本の田舎だったらビニールのクロスなんだろうが、こういうところがヨーロッパなんだなぁ。ぴしっと糊がかかったテーブルクロスにナプキン、ワイングラスをセットした。

お昼は生ハムをたっぷり入れたサラダ、イカのリング、魚貝類のパエリア、スペイン風オムレツ、それにこちらのワイン。そのおいしかったこと……。

スペイン人の通訳や運転手さんも、

「ここのパエリアはすごくおいしい。こんなのめったに食べられないよ」

と誉めていた。

フランスでもイギリスでも、世界中どこでもそうだけれど、都会からちょっと離れると食べものはおいしく安く、人情はぐっと篤くなる。スペインは特にそうだ。

あまりのおいしさに味をしめて、次の日は近くのホテルから朝ごはんを食べに行った。カフェ・オ・レに焼きたてのパン、ほうれん草の入ったオムレツ、生ハムにサラダ、三人がうなるほど食べて、二千円ちょっとなんだから泣きたくなってくるではないか。

全くヨーロッパの田舎はいい。パリとかマドリッド、ロンドンをさっとこなしたら、外へ外へと出るべきだろう。

さて私が日本以外の場所で買うもののひとつに、ジャパネスク趣味のものがある。日本でもギフトショップに行けば買えるんだろうが、なぜかああいうところのものは趣味が悪い。それ以前に、日本でジャパネスクのものを見るというのは抵抗が起こる。

「こんなもん売って、これがキモノですって。どう見たって安もんのチャイナドレスじゃないの。こういうところから間違った日本観っていうものが生まれるのよ」

ホテルのアーケードの前で、よくぶつぶつ文句を言う私であるが、外国でだとそう腹もたたない。

「そうだろうなぁ、日本っていえば、こういうことを考えるんだろうなぁ」

よく外国の子どもたちに、日本をイメージした絵を描いてもらうという試みがある。みんなかなりとんちんかんなことを描くので、

「やはり日本に対する認識はこんなもの」

といって新聞や雑誌が騒ぎたてるアレだ。しかし高層ビルやソニーの製品を描かなかったからといって、子どもたちに対して口惜しい気持ちを持つのは間違っている。

国のイメージというのは、ごく単純で強烈なものが、まず前面に押し出されるのだ。

もし日本の子どもに、スペインの国を描いてごらんといったら、フラメンコか闘牛だろう。オランダならチューリップだ。フランスはエッフェル塔に違いない。

だから日本の絵に、フジヤマとゲイシャが出てきても仕方ないのである。

この避暑地でゲイシャガールの模様のタオルセットを買った。

このゲイシャガール、布の使い方がとてもしゃれているのだ。着物のところがパッチワーク風になっている。凝ったつくりだ。

しかし値段はかなり高い。あの素晴らしい朝食と較べてもらうと、理不尽なほど高価である。

スペインというところは、革よりも布の方がずっと高い。ぴかぴかの革靴と、安っぽいスニーカーとが同じ値段で、ヘタをするとスニーカーの方が高くなってしまう。

このタオルは、きっと避暑にやってきたお金持ちのものなんだろう。そしてこれを使いながら、

「ゲイシャガールは、泡のいっぱい入ったお風呂に一緒に入ってくれるらしい」

などと勝手なことを言っているんだろう。

## スカーフでわかるお洒落度

「旅情」という映画で、キャサリン・ヘップバーンが身につけていたスカーフが忘れられない。イタリア男とデイトする夜、彼女はストラップレスの、胸がむき出しになったドレスを着、オーガンジーのスカーフを巻いている。

優雅な女らしい美しさ。オーガンジーで隠すことによって、女の肌はますます綺麗に神秘的に見えるはずだ。

サファリ・ツアーで寄ったケニアのホテルでも、中年の女性がオーガンジーのスカーフをしているのを見たことがある。ちょうど夕食時で、その女性はどこかのレストランに行くところだったのだろう。青い絹のストラップレスのドレスに、同色のスカーフを長くたらしていた。

まだ若く、汗くさいジーンズ姿だった私には、かなりの驚きであった。どんなところでも着替えてディナーへ行くという、欧米の人たちのライフスタイルを初めて見せつけられたからに違いない。

傍らには十歳ぐらいと、それよりちょっと上の十五歳ぐらいの男の子が立っていて、しっかりとネクタイにスーツといういでたちであった。ママをエスコートしているという図である。うっとりと眺めている私たちに、

「どうだ、僕たちのママは美人だろう」

と得意そうないちべつをくれたあの男の子たち……今ごろはいっちょ前の男になっているだろう。

こうして私のスカーフの思い出は、すべて外国に発している。日本ではストラップレスのドレスに、オーガンジーのスカーフという組み合わせはあまり見ない。これはどうやら首の長さと、背の高さが関係しているようである。西欧の女性たちは、ぐうっと長い首と小さな顔を持っている。ゆるくスカーフをふた巻きしても、上部の首の肌が見える。これがとてもエレガントなのであるが、日本人だとこうはいかない。詰まった感じになってしまうのである。

背が高いことは、スカーフを着こなす大切な条件だ。階段を降りたり、ひらひらと歩いたりする時に、スカーフの後ろの方は空に漂っていなければならない。香水の残り香のように、女の後ろ姿の印象がきまる時である。背が高い女だと、これが

カッコいいのであるが、日本の女性だとどうもむずかしいようだ。

謝恩会の季節になると、日本でもビスチェドレス、オーガンジースカーフの組み合わせを時々見る。けれど素敵と思ったことがない。女性の印象よりも、スカーフの印象が強くなったら、むき出しの肌がやたらなまめかしいのである。いや、なまめかしいというのは誉め言葉だ。なまめかしいというよりも、彼女たちの露出した胸や肩はただ、ただ気恥ずかしい。

ピチピチした肌はもちろん綺麗なのだが、それが露呈されるのは海辺かスポーツ場で、ショートパンツや水着から見せられるのが、いちばんふさわしいと思うのは私だけだろうか。つまりピチピチした肌というのは、豪華なドレスでくるんで、麗々しくシャンデリアの下で見せるものではない。あまりにも若くて健康的すぎるので、するっといろんな光やビーズのきらめきをはじきとばしてしまうのだ。

オーガンジーでくるんで似合うのは、少し肉がやわらかくなり始め、鎖骨がはっきり出てきた大人の女の肌である。若い娘だと、オーガンジーの下から、あっけらかんとした表情がのぞく。やはりオーガンジーのスカーフは、キャサリン・ヘップバーンぐらいの風格を持った女性がふさわしいのである……。

などということを理論では百も承知しているけれど、やっぱり夏が近づいてくると、オーガンジーのスカーフを買ってしまう私。この布の持っているロマンティックな雰囲気が大好きなのである。

数年前の夏、バンクーバーの家で過ごした時、何枚ものスカーフをスーツケースの中にしのばせていた。夫と過ごす初めてのバカンスである。私が案内して、素敵なレストランや、ヨットハーバーの見えるバーへ行きたい。そうかといって、バンクーバーというのは、フォーマルなドレスはちょっと照れてしまうというところがある。

そんな時、ダナ・キャランのフォルムの綺麗なパンツスーツに、ぐるぐるとオーガンジーのスカーフを巻いた。私は首が太いので首に巻きつけたりはせず、胸のところをふわっとくるむようにした。そしてエスニック風の、大きなイヤリングをつける。

パンツのキリッとしたかたちに、オーガンジースカーフの甘さが加わって、とても気に入ったコーディネイトになった。ドレスに組み合わせるのは、ちょっとためらうスカーフであるが、カジュアルなものにつけ加えるのが、それから大好きになった。

思えば、私の学生時代、ブランド勃興期の頃、

「スカーフが使いこなせるようになったら、本当のおしゃれ」

という言葉を、耳にタコが出来るほど聞いたものだ。みんなセリーヌやランバンのスカーフをシャツの間からのぞかせて、チェーンをたらしていた頃、スカーフなんてカンタンだと思っていた。洋服の色に合わせて、ブレザーの下に入れりゃいいんじゃないのと人にも言ったことがある。だけどあんなのおしゃれでも何でもなかったんだ。ただ教科書どおりにやっただけだったのだ。

スカーフ好きの私は、エルメスはじめ、何枚ものデザイナーもの、インドや中近東で買ったエスニックものと、それこそ大量に持っている。しかしあまり出番がない。

スカーフというものの奥の深さにおののいて、手がなかなか出ないというのが本当のところだ。体形、センス、パーソナリティ、多くのものが必要とされる布だということがわかってきた。だけどやっぱりスカーフは、いっぱいいっぱい買う。

## 安くてもエッセンスになる茶道具

お茶を習い始めて、もう数年になろうとしている。というものの、サボってばかりでお茶の先生のところへ行ったのは、数えるほどであろうか。自然とお月謝がたまってくるので、その都度、私の秘書に届けてもらう。

先日彼女が四か月分を持っていったところ、先生はこうおっしゃったそうだ。

「習いに来るんじゃなくて、一服召し上がりにいらしてって、ハヤシさんにおっしゃってね」

全くこんなはずではなかったと私は思う。お茶を始めた頃は、私にはさまざまな目標があった。まずがさつなしぐさを直し、優美でしとやかな女性になること。どこかでお茶をいただいても、

「私、不調法なもんで」

と笑って誤魔化さずにすむようになること。書画骨董、さまざまな教養を積み、

掛け軸など見て即座に、

「まあ、これは〇〇〇の作じゃありませんこと」

とつぶやき、あんなふうに見えてもハヤシさんはたしなみのある方と、皆に誉められること。思えば今から数年前、夫と見合いする際、身上書に「趣味、茶道」と恥ずかし気もなく書き込んだ私である。バレることはまずあるまい。まさかデイトの時に、お茶室へ行くはずがないと私は見当をつけたわけだ。

もっとも相手は一目見るなり、私が茶道などやる女ではないとすぐに見抜いたようで、そうなれば後はラクであった。あるがままの私を受け入れてくれた男の人と、私は結婚し、その後ぬくぬくデレデレと暮らしている。気がつくと茶の道からはすっかり遠ざかっている私であるが、それでもいつもの癖が頭をもたげることがある。いつもの癖というのは、何かを始める時、まわりの道具から固めるというアレである。

ゴルフを習おうとすると、一式すべて揃える。日本舞踊をやり始めたのだが（全くよせばいいのに！）、この際なんと浴衣を七枚注文した。

お茶の稽古はサボってばかりいるのに、たえずお道具のことは気にかけている。京都に旅行した時、青山の骨董通りを歩く時、目は自然とウインドウの中にひき寄せられる。

いったいいい茶碗というのは、どういうものなんだろうか。私は花柄のものや、景色がごちゃごちゃ描いてあるものはあまり好きではない。シンプルでいて、色が綺麗なものがいいなあといつも思っていた。

先日、私は生まれて初めて茶碗を買った。青白磁という名前は展覧会へ行って初めて知ったものだ。こういう平たいかたちは夏茶碗というぐらいだから、いかにも涼し気であるが、初秋の宵にも凜とした色は似合うような気がする。

お茶を習ってよかったことのひとつに、うちで気軽にお薄を点(た)てることが出来るようになったことがある。作法も何もない。茶碗にお抹茶を入れ、茶せんでぐるぐるとかきまわす。そんな乱暴な点て方をしても、泡はふんわりと立って、香り高い一杯が出来上がる。この時のお茶碗は厚手の信楽(しがらき)で、銘は「河童(かっぱ)」と私は勝手につけた。

妹尾(せのお)河童さんの事務所にお邪魔した時、妹尾さんが、

「お茶をやってるんだったら、これ持ってきなよ。僕が焼いたんだけど」

とくださったものだ。大らかないいかたちで、私はこれをいただいてすぐ、お抹茶を買いにスーパーへ行った。青山紀ノ国屋のお茶コーナーに、小さな缶に入った

お抹茶と茶せんが並んでいた。茶杓はなんと七百円。

ご存じのようにお茶の道具というのは上限がない。由緒あるものだと、耳かきのひい爺さんみたいなかたちの茶杓が、それこそ何百万円も何千万円もする。だがこれは七百円だって。

嬉しいな、楽しいな、茶道のエッセンスだけをちょっといただいて、後は安い道具を買い、自分なりに楽しんでしまう。八百円のお抹茶と、七百円の茶杓で、お薄は何杯もいただける。青山の菊屋で買ったおいしい和菓子を、塗りのお皿（結婚式の引出物である）に懐紙を敷いたものに盛り、しずしずと運ぶ。そしてその後、たっぷりとお薄を差し出す。食後のちょっとしたひとときにこれをやると、夫も「おっ」と目を見張る（こともある）。友人の何人かにもして驚かれた。

こうしたお茶の楽しみ方でも私はいいと思っているが、やはり先日の迫力には負けた。先日ある雑誌で、裏千家の若宗匠と対談させていただくという暴挙に出たのである。何というか、テニスのボールに触わったぐらいの人間が、いきなりウインブルドンに出場するようなものである。

場所は裏千家東京出張所にある今日庵、若宗匠が自らお茶を点ててくださった。茶碗の銘は「浮舟」。左右対称ではないので、かすかに揺れる。三百年以上前のものだということであった。

私は体中からどっと冷汗が噴き出し、全く生きた心地がしなかった。やはり本物に触れると、自分のしていることにはさらに奥の奥があるということを知ってしまう。お稽古ごとのいいところは、自分がいかに無知でつたない人間かということを思い知ることでもあるのだ。

私が初めて買ったこの美しい茶碗にいつかもっと仲間を増やしてやろう。そのためにはもうちょっと勉強して、お稽古に励まなくてはね。日本舞踊も始めて、最近はすっかりジャパネスクに走っている私である。

## インパクトのある容姿

マリリン・モンローというのは本当に不思議な女優だ。生き方うんぬんというよりも、まずその姿がずばり絵になる。世の中に美人女優というのは多いけれど、これほどインパクトのある容姿を持っている人がいるだろうか。たとえば他の女優を人形にしてみるとする。

エリザベス・テーラーだと綺麗すぎて取り扱いがこわい。オードリー・ヘップバーンは人形になると案外特徴がないはずだ。ブリジット・バルドーは人形向きであるが、ややエロティック過ぎるきらいがある。

が、マリリン・モンローのセクシーさや美しさというのはどこかユーモラスなのだ。それが悲劇と表裏一体のものだったとしても、彼女のしぐさはどれも愛らしい。アンディ・ウォーホルの絵は有名だけれども、頭の中でひと筆がきで描けるというのは偉大なスターの条件である。

私はもちろんマリリンが大好きで、高校生の頃地元のラジオ局でDJをしていたが、そのニックネームを〝マリリンちゃん〟としていた。本名のマリコとマリリンをもじっていたわけだ。私は当時から舌たらずで、
「は～い、お元気ですかァ、あなたのマリリンでえ～す」
みたいなことを言うと、ラジオということもあり、勝手にいろんなことを想像した人が何人もいた。やはりマリリンという名前は絶大だったんだろう。県下の高校生の間でファンクラブが出来たのは本当の話。今は懐かしいような、申しわけないような思い出だ。

さて、現在のわが家の居間にも、マリリン・グッズはある。サム・ショーという写真家が撮ったマリリンのオリジナルプリントだ。マンハッタンの橋を背景に、新婚時代のアーサー・ミラーとマリリンが見つめ合っているポスターはとても素敵だ。いかにも知的で渋いアーサーは、深い愛情をたたえて静かに彼女の顔をのぞき込む、その彼を見る上目づかいのキュートなマリリン。

私は坂本龍一(さかもとりゅういち)氏から頼まれて、個展でのトークショーに参加し、そしてこのオリジナルプリントを手に入れた。はっきり言ってかなりのお値段だった。が、おかげで私は毎日、いちばん幸せな表情のマリリンを見ることが出来るようになったの

である。

　そしてそれから数年後、アーサー・ミラーには及びもつかないが、新婚の夫と一緒に私は夏を過ごした。その時掘り出し物のロートレックを手に入れた。それに味をしめて再びそのアンティック・ショップに出かけたところ、もう中は様変わりしていて驚いた。そして奥のショウウインドウの中に、マリリンがいたのだ。

　街中で時々マリリン・グッズを見かけることがあるが、そのどれも安っぽくて感心しない。やたら口をふにゃふにゃさせ、肩と黒子(ほくろ)を強調している。けれどもこのマリリン像は、色の美しさやかたちに品がある。それもそのはずで、二十世紀フォックスが、「紳士は金髪がお好き」の完成披露の際、関係者に配った限定品だという。しかし残念ながらこれは一九八一年につくられたレプリカ。

　レプリカのわりには四百ドルもして、私は大層迷った。けれどもこのマリリン像は、とてもシックで美しい。この美しい彼女を、ひからびたアンティック・ショップに残しておくのがしのびなくて、私は日本にお連れしたのだ。今はわが家の、食器棚の中にちょこんと立っている。

　それにしてもマリリンっていうのは、やっぱり可愛いよなあ、綺麗だよなあ。例のオリジナルプリントと見較べてつくづく思う私。最近衛星放送やビデオで、彼女の作品を見る機会が多いが、演技の確かさにもびっくりする。

ところが、面白いことに、マリリンというのはあまりビデオの恩恵にあずかっていない。ビデオや衛星放送の普及で人気が急上昇したのは、オードリー・ヘップバーンやブリジット・バルドーなのだ。ヘップバーンやＢＢの着ているものがおしゃれと、若い女の子たちは騒いでいる。

ひきかえマリリンは、映画会社お仕着せの、胸を強調するドレスだったり、現代のかたちではないスラックスだったりするから、ファッショナブルという称号はもらっていないようだ。けれどもプライベートタイムを撮られた時の、マリリンのくしゃくしゃ髪や、バスローブの着方などは立派な参考になると思うのだが、どうもこれは多くの人たちが目にしていない。みなが連想するのは、肩をむき出しにし、マーメイドラインのイブニングを着たマリリンなのだ。

けれどもヘップバーンは老いて魔法使いのばあさんになり、ＢＢは動物保護に人生を捧げる皺だらけのおばさんになった。その中でマリリンはいつまでも若く美しい。三十代の成熟したまま時間はとまっている。

時間がとまる、ということこそいちばん人形になるにふさわしい条件だと思うがどうだろう。

## フローラ・ダニカのペインターによる作品

食器売場に入り込むと私は時間を忘れてしまう。食器というのは、世界のさまざまな国から届けられた花束のようだ。茶碗に、皿に、閉じ込められた花々が優雅に香り立つ。

英国の食器はいかにも上品で、フランスは華やかな美しさがある。そんなことをひとつひとつ確かめていくのは本当に楽しい。

中でも私の心をとらえたのは、ロイヤル・コペンハーゲンの食器だったろうか。現在私が愛用しているブルーフルーティッドのシリーズで名高いところだが、独得のあの青い小花模様は、きりりとした魅力と、やわらかく豊かなイメージとを合わせ持っている不思議な食器だ。昔から藍を好む日本人にとても人気がある。

このロイヤル・コペンハーゲン社からご招待を受け、デンマークへ行ったのはもう何年前になるだろうか。他には女性雑誌の記者たちが一緒だった。そこで私はフローラ・ダニカがどっさり並んでいる棚を見た。世界でいちばん豪華な食器といわれるフローラ・ダニカは、やはりロイヤル・コペンハーゲン社がつくっているもので、デンマークの王室の方々がお使いになる。本物のあまりの美しさに魅せられて、私はこのフローラ・ダニカのコーヒーセットとケーキ皿を買ってしまった！

本当に〝！〟マークをつけたくなるほど、この食器は高価なものであるし、だいいち日本にあまり入ってこない。どれほど希少価値かというと、デパートの特選食器売場で、皿が二枚か三枚、〝絵皿〟としてガラスの中にあるだけだ。コーヒー茶碗でセットなどまず見たことがない。

ふつうだったら美術品として飾っておく皿を、私は食器としてじゃんじゃか（でもないか）使っているのだから、なんと太っ腹なのであろうか。

いま日本でフローラ・ダニカをこれほど揃えている人はあまりいないらしく、食器ブームの昨今、取材の申し込みがとても多い。珍しい猫、スコティッシュフォールドと共に、私の大きな自慢である。これも当時のすごい円高のおかげと、お客さまだからとお負けしてくれたコペンハーゲン社のご厚意、そして石井さんのおかげである。

石井さんというのは、当時フローラ・ダニカのペインターをしていた方である。

私たち一行の案内役と通訳をしてくださったのであるが、そのハンサムなこと、礼儀正しいこと。日本にはもはや数少なくなったいい男であるが、残念なことにデンマーク人の奥さまとの間に、もう二人の男の子がいた。

そんなことはいいとして、ロイヤル・コペンハーゲン本社の特別室（ここはフローラ・ダニカが飾ってある）で、石井さんは私にアドバイスしてくださった。

「いくらフローラ・ダニカといえどもひとつひとつ手描きですから、当然いい悪いがあります。どうせ買うのなら、うんとよく選んでいいものをお買いなさい」

日本ならせいぜい二、三個しか入ってこないフローラ・ダニカを、私たちは本店の在庫を全部持ってこさせ、絵を充分に吟味したのである。なんという贅沢、なんという幸運。これは後になってどんなに凄いことかよくわかってきた。

現在わが家にあるフローラ・ダニカの中には、当然石井さんのものが何点か混じっている。その石井さんは、おととし独立され、日本で工房と教室を持つようになった。その個展が麻布十番のギャラリーで開かれたのである。

フローラ・ダニカの技術はそのままに、石井さん独自の世界をつくられていて、繊細に魚を描いた皿もそのひとつだろう。

「日本人っていうのは、本当にお魚料理が好きでしょう。だから皿にお魚を描いてみたらどうかなァと思って」

石井さんはいう。この大きさは本来ケーキ皿であるが、大皿と組み合わせてオードブル皿として使うのも楽しいかもしれない。

これはよほど余裕がある時に限られるが、私はきちんとテーブルセッティングして、お客さまをおもてなしするのが好きだ。海外で買ってきた上等のテーブルクロスに、花を飾り、そしてバカラのグラスを並べると、ちゃんとそれっぽくなる。

こういうきちんとしたテーブルセッティングの場合は、料理はかえって手が抜ける。いつもの大皿にどーんと料理、飲めや歌えやのパーティーの方が、はるかにおいしいものを要求されるようだ。

気取ったテーブルには、いいワインの赤と白を揃え、静かな会話を楽しむ。オードブルは紀ノ国屋のデリカショップで買ったテリーヌかサーモンにちょっと手を加えるだけ。メインはお肉をローストしたものか煮込みで、これはつくり置き出来るからとてもラクチン。このディナーは男の人には物足りないらしいが、女友だちにはとても喜ばれる。女というのは、料理より食器やいいグラスがご馳走なんだと本当に思う。

大変なのは、ディナーの準備より後片づけだ。女友だちはもちろん手伝ってくれるというが、誰かを恨むような事態になったら大変。お引き取り願い、真夜中ひとりで皿を洗う。私は以前、ローゼンタールのグラスを布巾の上にさかさにし、ひと晩乾かしておいたところ、寝ている間に猫にいじられ割られたことがある。あれから使ったいい食器はその日のうちに、洗って磨き、そしてしまう。

水切りザルに重ねたり出来ないから、これが結構時間がかかるのであるが、丁寧にやる。使われ、水を吸い、磨かれた皿は、前よりもずっといきいきとして綺麗。女の洗いたての顔みたい。

そして私も満足のため息をつく。食器とつき合う楽しさはこんなところにあるのかもしれない。

本書は『強運な女になる』（二〇〇〇年三月刊、中公文庫）を
新装・改版したものです。

中公文庫

新装版
強運な女になる

2020年2月25日　初版発行

著　者　林 真理子

発行者　松 田 陽 三

発行所　中央公論新社
〒100-8152　東京都千代田区大手町1-7-1
電話　販売 03-5299-1730　編集 03-5299-1890
URL http://www.chuko.co.jp/

DTP　平面惑星
印　刷　三晃印刷
製　本　小泉製本


Published by CHUOKORON-SHINSHA, INC.
Printed in Japan　ISBN978-4-12-206841-4 C1195

# 中公文庫既刊より

各書目の下段の数字はISBNコードです。978－4－12が省略してあります。

は-45-1
**白蓮れんれん** 林 真理子
天皇の従妹にして炭鉱王に再嫁した歌人柳原白蓮。彼女の運命を変えた帝大生宮崎龍介との往復書簡七百余通から甦る、大正の恋物語。〈解説〉瀬戸内寂聴
203255-2

は-45-3
**花** 林 真理子
芸者だった祖母と母、二人に心を閉ざしキャリアウーマンとして多忙な日々を送る知華子。大正から現代へ、哀しい運命を背負った美貌の女三代の血脈の物語。
204530-9

は-45-4
**ファニーフェイスの死** 林 真理子
ファッションという虚飾の世界で短い青春を燃やし尽くすように生きた女たち――去りゆく六〇年代の神話的熱狂とその果ての悲劇を鮮烈に描く傑作長篇。
204610-8

は-45-5
**もっと塩味を！** 林 真理子
美佐子は裕福だが平凡な主婦の座を捨てて、天性の味覚だけを頼りにめくるめくフランス料理の世界に身を投じるが……。ミシュランに賭けた女の人生を描く。
205530-8

せ-1-12
**草　筏** 瀬戸内寂聴
愛した人たちは逝き、その声のみが耳に親しい――。一方血縁につながる若者の生命のみずみずしさ。自らの愛と生を深く見つめる長篇。〈解説〉林真理子
203081-7

あ-32-5
**真砂屋（まなごや）お峰** 有吉佐和子
ひっそりと家訓を守って育った材木問屋の娘お峰はある日炎の女に変貌する。享楽と頽廃の渦巻く文化文政期の江戸を舞台に、鮮烈な愛の姿を描く長篇。
200366-8

あ-32-10
**ふるあめりかに袖はぬらさじ** 有吉佐和子
世は文久から慶応。場所は横浜の遊里岩亀楼。尊皇攘夷の風が吹きあれた幕末にあって、女性たちはどう生き抜いたか。ドラマの面白さを満喫させる傑作。
205692-3

あ-32-11
出雲の阿国（上）
有吉佐和子
歌舞伎の創始者として不滅の名を謳われる出雲の阿国だが、その一生は謎に包まれている。日本芸能史の一頁を活写し、阿国に躍動する生命を与えた渾身の大河巨篇。
205966-5

あ-32-12
出雲の阿国（下）
有吉佐和子
数奇な運命の綾に身もだえながらも、阿国は踊り続ける。歓喜も悲哀も慟哭もすべてをこめて。桃山の大輪の華を描き、息もつかせぬ感動のうちに完結する長篇ロマン。
205967-2

み-18-4
陽暉楼
宮尾登美子
土佐随一の芸妓房子が初めて知った恋心ゆえに、華やかな人生舞台から倖薄い、哀れな末路をたどる悲愴な若き生涯を描く感動の長篇。〈解説〉磯田光一
200666-9

み-18-6
序の舞（全）
宮尾登美子
幼い頃から画才を発揮した島村津也は、きびしい修業生活ののち、新進画家となる。一流の画家として女として、愛と芸術に身を捧げた津也の生涯を描く。
201184-7

み-18-8
櫂（全）
宮尾登美子
大正から昭和にかけての高知を舞台に、芸妓紹介業の岩伍の許に十五歳で嫁いだ喜和が意地と忍苦に生きた波瀾と感動の半生を描く。〈解説〉宇野千代
201699-6

み-18-9
寒椿
宮尾登美子
戦争という苛酷な運命を背景に、金と男と意地が相手の稼業に身を投じた四人の女がたどる哀しくも勁い愛の生涯を描く傑作長篇小説。〈解説〉梅原稜子
202112-9

み-18-11
蔵（上）
宮尾登美子
雪国新潟の蔵元に生まれた娘・烈。家族の愛情を受け成長した烈には、失明という苛酷な運命が待っていた。烈と家族の苦悩と愛憎の軌跡を刻む渾身の長篇。
202359-8

み-18-12
蔵（下）
宮尾登美子
打ち続く不幸に酒造りへの意欲を失った父にかわり、女ながらに蔵元を継いだ烈。蔵元再興に賭けた彼女の波瀾に満ちた半生を描く。〈解説〉林真理子
202360-4

各書目の下段の数字はISBNコードです。978－4－12が省略してあります。

み-18-13
**伽羅（きゃら）の香**
宮尾登美子
山林王の娘として育った葵は幸福な結婚生活も束の間、次々と不幸に襲われた。失意の葵は、香道の復興という大事業に一身を献げる。〈解説〉阿井景子
202641-4

み-18-14
**鬼龍院花子の生涯**
宮尾登美子
鬼政こと鬼龍院政五郎は高知に男稼業の看板を掲げ、相撲興行や労働争議で男をうる。鬼政をめぐる女たちと男達の世界を描いた傑作。〈解説〉安宅夏夫
203034-3

み-18-16
**菊亭八百善の人びと（上）**
宮尾登美子
江戸料理の老舗・八百善に戦後まもなく嫁いだ深川育ちの汀子は江戸風流の味を蘇らせるべく店の再興に奮闘する。相次ぐ困難に立ち向う姿を描く前篇。
204175-2

み-18-17
**菊亭八百善の人びと（下）**
宮尾登美子
再興なった老舗・八百善の経営は苦しく、店で働く人々との関わり合いに悩みつつ汀子は明るく努めるが。消えゆく江戸文化への哀惜をこめて描く後篇。
204176-9

み-18-18
**錦**
宮尾登美子
西陣の呉服商・菱村吉蔵は斬新な織物を開発し高い評価を得る。さらに法隆寺の錦の復元に成功し、織物を芸術へと昇華させるが……絢爛たる錦に魅入られた男の生涯を描く。
205558-2

あ-84-1
**女体についての八篇　晩菊**
安野モヨコ選・画
太宰治／岡本かの子／森茉莉他
はたかれる頬、蚤が戯れる乳房、老人を踏む足、不老の童女……文豪たちが「女体」を讃える珠玉の短篇に、安野モヨコが挿画で命を吹きこんだ贅沢な一冊。
206243-6

あ-84-2
**女心についての十篇　耳瓔珞（みみようらく）**
安野モヨコ選・画
芥川龍之介／有吉佐和子／円地文子他
わからないなら、触れてみる？ 女の胸をかき乱す、淋しさ、愛欲、諦め、悦び——。安野モヨコが愛した、女心のひだを味わう短篇集シリーズ第二弾。
206308-2

あ-84-3
**背徳についての七篇　黒い炎**
安野モヨコ選・画
幸田文／久生十蘭／永井荷風他
全員淫らで、人でなし。不倫、乱倫、子殺し……濃密に咲き乱れる、人間たちの〝裏の顔〟。安野モヨコの挿絵とともに、永井荷風や幸田文たちの名短篇が蘇る。
206534-5